행복, 삶의 쉼표

행복, 삶의 쉼표

로버트 M 마키버 지음
안병욱 옮김

문지사

이 책은 영국의 세계적인 정치학자요, 사회학자인 로버트
모리슨 마키버Robert Morrison MacIver의 'The Pursuit of Happiness,
A philosophy for modern living'이란 책을 옮긴 것이다.
책명을 그대로 옮긴다면 '행복의 탐구, 현대의 생활철학'이다.

번거로움을 피하여 《행복, 삶의 쉼표》이라고 하였다.
그러나 저자는 이 책에서 단순한 행복의 문제만 다룬 것이
아니라, 인생과 사회에 관한 해박한 지식을 세련된 문장 속에
담아가지고, 철학·종교·예술·도덕을 비롯하여 사랑·생명·죽음
·자아·지혜·여가·경험·집단 등 인생의 중요한 문제를
망라하여 다루었다.

당대의 석학 마키버 교수의 풍부한 지식과 넓은 교양과
투철한 사색에서 우러나온 재미있는 인생론이요, 슬기로운
생활철학이다. 세계의 많은 사상가와 학자와 문인들이 저마다
자신의 입장에서 인생론을 썼고 행복론을 펴냈거니와, 마키버
교수의 이 책도 그중에 끼어서 하나의 뚜렷한 존재 이유를
가지고 있음을 나는 확신한다.

우연한 기회에 번역에 손을 대기 시작한 것이 인연이 되어
그동안 나는 여러 책을 우리 말로 옮겨 놓았다.

나는 나의 학구생활의 한 여가로 번역에 종사하고

있거니와, 문화적 후진성을 하루 바삐 극복해야 할 우리나라의
현 단계에 있어서 번역문화의 융성한 발전은 대단히 시급한
시대적 과제요, 또 중대한 문화적 의의를 가지는 것이라고
생각한다. 나는 번역의 붓을 들 때마다 그러한 생각을 절실히
느낀다.

　　마키버 교수는 대학 시절 한때 문인이 되려고 했던 만큼,
그의 문장에는 독특한 향기가 있다. 천학비재(淺學非才)한 역자의
무딘 붓 끝으로 어느 정도의 성과를 내었는지 자못 의심스럽다.
번역의 오류가 없기를 바란다.

　　끝으로 마키버는 1882년 영국 스로노웨이에서 탄생하여
에든버러 대학, 옥스포드 대학을 우수한 성적으로 졸업한 후,
토론토 대학 교수를 거쳐 콜롬비아 대학의 정치학·사회학
교수로 있었다. 그는 라스키 교수와 더불어 현대의 다원적
국가론의 대표적 학자다. 그는 사회학과 정치학 방면에 훌륭한
저술을 많이 펴냈다.

안병욱 씀

차례

3 — 삶의 한가운데서

4 — 스스로 선택한 불행을 넘어

1

삶, 그 모험의 길

순간의 의미

시간, 시계의 시간은 영원하다. 시계는 1초 2초 시간을 아로새겨서
12시가 지나면 다시 또 1초부터 시작한다. 이리하여 그 출발은
끝이 없다. 그러므로 우리가 잃어버리는 것은 시간이 아니라
바로 우리의 인생이며 삶이다.

나뭇잎 사이로 속삭이며 내리는 빗소리, 안개가 피어
오르는 대지의 향기, 황혼 무렵에 들려 오는 고요한 노랫
소리, 파도에 흔들리는 외로운 흰 돛단배, 어둠 속에 오락
가락하는, 보석처럼 반짝거리는 먼 마을의 작은 불빛들,
산 중의 호수에서 한 폭의 그림처럼 피어나는 보랏빛 엷은
안개, 깊은 골짜기처럼 텅 빈 도시의 일요일 거리⋯⋯.

우리가 잠시 발걸음을 멈추기만 하면 거의 잊어버렸던
지난 날의 자기 자신으로 다시 돌아가 보게 하는 순간이
언제나 우리들의 일상 속에서 되풀이 된다.

이미 오래 전에 잊어버렸던 옛 시를 우연히 다시 읽게

될 때, 앞날이 붕정만리鵬程萬里 같았던 젊은 날의 한 토막을 다시 마음속으로 회상한다든가, 또는 인생은 고금동古今同이라는 진리를 고요히 음미해 보는 명상 속에 우리는 자기 자신으로 돌아가는 순간을 가지게 된다.

그러한 일순간, 우리의 생각이 달라져서 자신의 보잘 것 없는 노력과 싸움과 시기와 질투와 공포가 모두 대수롭지 않게 생각되어지기도 한다. 이런 사소한 일은 모두 우리가 현실에 대한 관심에서 생기는 것이요, 우리와 우리의 생활 감각 사이에서 생기는 삶의 조각들이며 그림자다.

그러나 우리는 때때로 생활 감각의 맥박과 리듬을 상실하게 된다. 하지만 생활 감각은 우리의 내부에서 다시 솟아나서 그러한 순간을 무심히 지나쳐 버리게 만든다.

예술가는 이 순간에다 불멸의 생명을 넣어 주려고 한다. 그래서 언어 속에, 또는 캔버스 위에, 혹은 돌에 이르기까지 이것을 열정으로 표현한다.

로제티Rosetti, 영국 시인 1830~1884는 자신이 쓴 소네트sonnet: 소곡를 '순간의 기념비A moment's monument'라고 칭하였다. 그것은 영원성을 탐구하는 통찰의 순간을 의미하는 것이다.

화가는 자신의 감정과 기분, 주변 경치를 혼연일체로 결합하여 그것이 영구한 생명을 가지게끔 표현하려고 하는 강한 충동을 느낀다.

그러므로 예술가가 성공할 때 우리는 재현된 순간을 다시 파악할 수 있고, 또 그 순간의 여운은 여러 세대를 두고 우리에게 길이길이 전달된다.

우리는 시계와 더불어 삶을 영위해 가는 것이 아니라 순간순간 속에서 살아간다. 우리가 살아가는 순간은 시계의 째깍째깍 아로새기는 금속성 소리가 아니다. 우리의 순간은 자아自我가 타아他我에 대해서 또 다른 사물의 감각에 대해서 느끼는 경험이요, 인식이요, 진동이다.

우리는 과거를 회상할 때 측정된 시간의 연속으로 느끼는 것이 아니고, 여러 순간의 연속으로 느끼는 존재다.

우리가 타인에 대해서 또 환경에 대해서 느낀 경험의 회상을 과거라고 생각한다.

어린 시절을 다시 회상해 보라. 우리의 마음 속에 남아 있는 것은 여러 순간의 기억들이다. 과거에 경험한 정서의 힘에 의해서 망각의 세계 속에 스러지지 아니하고, 아직도 생생하게 살아 있는 몇 가지의 희미한 자취가 남아 있다. ―유난히 즐거웠던 순간, 전율하도록 무서웠던 순간, 이상한 사모의 순간, 뚜렷한 경이의 순간, 최악의 순간, 이러한 순간들이 우리들 깊은 곳에 내재율內在律처럼 남아 있는 것이다.

정신의 시간은 시계의 시간이 아니다

　분과 초의 표시가 되어 있는 시계판을 빙빙 돌아가는 시계바늘의 비인간적인 동일한 운동—무자비하고 냉혹한 그 일초는 수백만 분지 일로 다시 나눌 수도 있는 것이다—은 결코 우리와 시간이 아니다. 그 시간은 과학의 한 도구에 불과할 뿐이다. 그러므로 그 시간이 무엇을 측정하는지 우리는 알지 못한다.

　그러나 그것이 무엇이든 간에 우리는 그 시간의 노예가 된다. 그 시간은 필요한 도구이지만, 또한 무해하다. 또 그 시간은 경험을 측정하지는 않는다.

　우리는 경험을 시간의 척도 속에 맞추어야 한다. 만일 에덴 동산이 있다고 한다면 그곳에는 분명 시계가 없을 것이다. 또한 파라다이스낙원가 있다고 하면, 거기에는 시간을 측정할 수 있는 물건이란 하나도 없을 것이다.

　우리가 알고 있는 유일한 시간은 경험의 과정 속에

전개되는 감각의 연속이다. 우리의 시간은 우리에게 느껴진 '시간Felt time'이다. 어쩐지 시간이 짧게 느껴진다고 우리가 말할 때 우리의 시간은 정말 짧은 것이다. 냉혹한 시계의 시간과 비교할 때 우리가 즐겁게 지내는 시간은 우리가 즐겁게 지내지 않는 시간보다도 짧다는 감정적인 의미가 거기에 포함되어 있기 때문이다.

우리의 시간은 우리의 기분과 느낌에 따라서 시계의 시간보다도 더 빨리 가는 수도 있고 더 느리게 가는 수도 있다. 몸에 열이 났을 때의 십분이라는 시간은 맥박이 순조로울 때의 이십분의 시간보다도 아마 더 길게 느껴질 것이다. 시간이 우리의 감정 상태에 따라서 길어지기도 하고 짧아지기도 한다는 것은 아마 옛 사람들도 생각한 일일 것이다.

세익스피어의 희곡 〈소원대로〉에서 주인공 로잘린트는 이렇게 말하였다.

"시간이란 사람에 따라서 발걸음의 속도가 다른 것과 같다. 어떤 이에게는 시간이 소걸음하는 것 같고, 또 어떤 이에게는 달리기와 같고, 어떤 이에게는 번개같이 달리고, 어떤 이에게는 꼼짝 않고 머물러 있는 상태와 같은 느낌을 받는다고 자신있게 말해 줄 수 있다."

중요한 것은 우리가 사는 시간이다. 우리는 시계를 잊어버린 시간 속에서도 최선을 다한다. 삶에 있어서 우리가 시간을 측정하지 않으면 안 되는 경우가 부지기수다. 그러나 사실은 시간을 무시한 활동 속에서 우리는 살아가고 있는 것이다.

시간은 자유로운 경험의 연속이다

다행하게도 자기가 하는 일에 전심전력할 수 있다던가 또한 일에서 생기는 이익 때문이 아니라, 일 그 자체에 대한 진정한 흥미에서 일에 몰두할 수 있을 때 우리는 가장 행복하고 또 가장 자기다워진다.

밤낮 수단을 위해서 동분서주하는 사람은 그가 거기서 어떤 이익을 거두던 자기가 봉사할 수 있는 유일한 목적 즉, 생활의 목적을 자칫하면 상실하기 쉽다.

어쩌면 '잘 사는지'도 모른다. 그러나 그의 생활은 공허하다. 그는 너무나도 실제적이 된 결과 사사건건마다 "그게 무슨 이익이 있느냐?"고 자신에게 공허한 목소리로 되묻는다. 밤낮 수단을 위한 수단만 찾아서 방황하게 된다. 그 자체에 있어서의 좋은 일이란 무엇을 위해서 좋은 것이 아니고 그 자체가 좋다는 사실을 그는 이해하지 못하게 되는 것이다.

미래를 바라보고, 내일을 계획하고, 희망을 생각하는 것은 물론 모두 필요한 삶의 절대적인 조건이다. 그러나 우리는 다만, 미래만을 위해서 사는 것은 아니다. 우리는 오직 현재 속에서 삶을 영위하고 있다. 또한 우리는 순간 속에서 살아가고 있는 것이다. 현재를 경험하는 순간 속에서 살아가고 있는 것이다.

이러한 순간은 의식적 존재의 부단한 연속 위에서 싹이 트고 꽃이 핀다. 의식적 존재에서는 우리의 현재뿐만 아니라 과거도 함께 살아 있다. 또 헤아릴 수 없는 깊이를 가지고 우리는 비록 눈에 보이지는 않지만 미래와 더불어 부단히 움직이고 있다. 우리의 힘으로 헤아릴 수 없는 신비가 여기에 존재해 있는 것이다.

우리가 해^{year}를 파악할 때, 우리는 순간을 잃어버린다. 우리가 미래를 위해서 살 때 현재의 생활하는 시간을 잃어버린다.

향락 추구에 너무 급급한 나머지 눈앞의 쾌락만을

탐내게 되는 것이다. 그래서 결국 향락의 의미를 인식하는 습관을 잃어버리게 된다. 그 결과 즐거운 대화의 의미라든가, 자연의 맥박 속에 우리의 존재가 깊이 침잠해 버린다든가, 여러 가지 인간적 관계의 탐구라든가, 생의 경이의 오묘한 맛이라든가, 생의 모험의 기쁨이라든가, 과거와 미래 속에 현재가 신비하게 융합되는 순간을 경험하는 길이 막히게 된다. 그러한 순간이란 실로 '그윽하고 조용한 사색의 시간'이라고 단언할 수 있다.

얻었다 썼다 하면서
우리는 헛되게 우리의 힘을 낭비한다.
무릇 우리는 이 자연 속에서
별로 찾을 것이 없다.

시간은 우리와 더불어 존재하되 마치 우리의 외부에 존재하여 우리 앞을 그냥 지나쳐 버리는 것 같은 경우가 때때로 있다. 그리고 우리는 쓸데없이 시간만 계산한 나머지 세월이 참으로 유수 같다고 생각한다. 시계란 째깍째깍 시간을 알려면서 우리의 생명을 일초 일초 아로새기며 무정하게 지나가 버리는 것이라고 단정한다.

내일 또 내일, 그리고 내일…… 이렇게 매일매일 날이

가고 날이 새면서 최후의 시간을 향해 끊임없이 달리는 것이 바로 우리다.

그리하여 세월은 어리석은 자에게 허무한 황천黃泉의 길을 가리킬 뿐이다.

인생이 그야말로 무미건조할 때 우리는 특히. 이러한 사고방식을 가지게 된다. 무정하게 가버리는 것은 시간이 아니라, 바로 우리의 인생이다.

시간, 시계의 시간은 영원하다

시계는 일초 이초 시간을 아로새겨서 열두 시가 지나면 다시 또 일초부터 시작한다. 이리하여 그 출발은 끝이 없다. 그러므로 우리가 잃어 버리는 것은 시간이 아니고 바로 우리의 인생이며 삶이다.

우리의 생명이 왕성하여 일에 몰두할 때라든가, 싸울 만한 보람 있는 투쟁을 할 때라든가, 인생의 고락을 느낄 때라든가, 살아가는 순간순간마다 우리의 삶이 풍성하고 다채로울 때 이미 시간은 우리 밖에 있는 것은 아니다.

인생과 시간은 하나다. 우리는 보람있게 시간을 살아가

고 있기 때문에 우리는 시간에 대한 공포와 괴로움을 느끼지 못하는 것이다.

우리는 흐르는 세월에서 눈을 가리우기 위하여 별별 방법을 다 생각해 낸다. 보통 방법은 일률적인 기간을 두는 것이다. 그래서 우리들과 시간의 진행 사이엔 기간이 마련된다.

지금이 9월이라고 하자. 여름이 끝날 무렵이 되었다고 염려할 것이 무엇인가. 10월은 그대로 오기 마련이다. 또 30이란 숫자는 26이란 숫자보다 앞서 있는 게 사실이다. 그러나 그사이에는 여러 날이 있는 것이다. 또 26이건 25이건 우리의 느낌은 비슷비슷하다. 35나 45도 마찬가지다. 그러므로 시계란 여러 날을 앞질러서 가리키는 법은 없다. 그것은 끝까지 변함 없는 진리와 같은 것이다.

그러나 우리는 달려가는 세월에서 눈을 가리우려고 하지만, 언제나 세월은 우리의 눈앞에서 그 모습을 드러내기 마련이다. '10월까지 아직 사흘 남았네.' 하는 사이에 어느덧 10월이 닥쳐온다.

나이 40이 되려면, 또는 50이 되려면, 60이 되려면 아직 이태나 남아 있다고 하는 경우도 마찬가지다. 이리하여 우리는 처음부터 또다시 시작하게 된다. 이런 아무것도 아닌 헛된 기간이란 금시 무너져버리고 마는 법이다.

우리가 가만히 서 있으면 마치 시간은 우리 외부에 존재하여 우리의 곁을 지나가거나 하는 것처럼 시간은 끊임없이 흘러간다. 광음光陰이 유수 같다고 우리는 말한다. 그러나 결코 그런 것은 아니다. 그 말의 진정한 뜻은 그런 것이 아니다. 시간이 우리 곁을 지나가되 우리가 지금 현존하고 있는 이 자리를 그대로 내버려 두고 혼자 지나갔으면 좋겠다는 뜻이 포함되어 있기 때문인 것이다.

봄이 오면 우리의 봄이 언제까지나 우리와 더불어 머물러 있기를 바라고, 여름이 되면 여름이 가시지 않고 우리와 같이 있기를 원한다. 그러나 적어도 겨울은 그렇지 않을 것이다. 시간이 우리 곁을 지나가는 것이 아니라 사실은 시간의 흐름 속에 우리가 지나가는 것이다.

인간은 움직이지 않으면 존재할 수 없다. 우리가 이 필연성에서 벗어날 길이 없는 이상 지혜로운 길은 오직 하나밖에 없다.

그것은 우리의 시간을 회복하는 길이다. 할 수 있는 데까지 우리의 시간을 삶으로써 가치를 드러내는 일이다.

우리가 우리의 수명을 붙들려고 노력을 한다 하더라도 수명은 우리의 손 사이로 쉴새없이 빠져나가기 때문에 속수무책이라는 감정은 절대 금물이다.

먼저 미래를 위해서 살고, 그 다음에 과거 속에 살며 아직 떠나지도 않은 인생항로를 위해 오랫동안 준비한다면 우리는 우리의 시간을 잃어버리게 된다. 우리는 좀처럼 우리의 시간을 가져볼 수 없다. 그렇다면 우리에게는 현재가 없다는 것인가?

그러나 기분에 따라서 우리는 시간을 낭비하지 않는다. 우리에게는 시간을 회복할 수 있는 여러 가지 활동이 있다.

순간은 우리들의 시간이다

많은 순간들이 덧없이 지나가 버리는 것을 보고 그 순간이 우리 존재의 미지의 깊은 세계 속에서 하나하나 사라져버리는 것이라고 우리는 생각지 않는다.

우리는 우리의 현재를 실현시킨다. 그러면 시간은 생활의 시간이 된다. 우리 인생의 시간이 된다. 즉, 시간은 경험의 탄탄대로가 되는 것이다.

그러므로 시간, 우리의 시간은 경험과 바꿀 수 있다. 또 만일 경험이 우리를 충만케 하는 경우, 우리는 어떻게 그 교환을 못마땅하다고 단정할 수 있겠는가?

우리의 시간은 끊임없이 흘러간다. 그러나 이제는 우리 곁을 지나가는 것이 아니다. 시간은 시간의 목적에 이바지할 따름이다. 사라지는 시간의 순간순간 속에서 우리는 우리의 시간을 살아가는 것이다.

인간이 시간을 경험과 교환할 수 있는 방식은 여러가지 있다. 그러나 거기엔 한 가지 조건이 있다. 즉, 시간은 우리를 호흡한다는 것이다. 그 의미는 이렇다. 시간이 우리를 둘러싼 존재의 테두리 밖으로 우리를 송두리째 끌어낸다는 뜻이다.

그러므로 경험을 높은 표준에 두고 생각할 필요가 없다. 우리의 현재 신분에 따라서 경험을 발견할 수 있는 장소가 결정되는 것이다. 자기가 믿는 신에게 드리는 헌신 속에서도 발견할 수 있고, 이웃에 대한 봉사 속에서도 발견할 수 있다.

또 미완성의 목표에 대한 추구, 미술품이나 훌륭한 물건을 창조하려는 일관된 노력, 타인에 대한 호의적인 염려, 인간의 행동에 관한 무한한 호기심이라든가 영구적 흥미를 가질 수 있고, 또는 우리에게 고독감을 주지 않는 어떤 도락道樂에서도 우리는 그런 경험을 발견할 수 있다.

그러나 그 조건에 관해서는 자세한 설명이 필요하다. 지루한 시간을 메꾸기 위해서 무엇이나 닥치는 대로 오락을 구한다고 해서 생명의 시간을 다시 찾을 수 있다는 것은 절대로 아니다.

현실을 도피하거나 자극에 도취한다고 해서 생명의 시간이 회복되는 것도 아니다. 그것은 모름지기 우리의 생명에 대해서 순수하며 우리의 인격을 도취시킬 수 있는 것이라야 한다. 그렇지 않다면 우리는 쓸데없이 시간만 잃어버리는 결과가 된다.

또한 우리가 원하는 것은 그런 시간이 아니다. 우리가 시간을 잃어버린다는 것은 삶의 일체를 상실한다는 것을 잊어서는 안 된다.

우리가 많은 경험을 추구하지만, 아무런 만족감도 얻지 못한다면 이 조건은 충족되지 않는다. 우리의 생명이 아직 살아 있는데 이러한 경험의 추구가 모두 끝나버린다면 이 조건은 충족되지 않는다.

이러한 추구에 우리들이 필연적으로 도취되는 것은 아니다. 다만 도취되었을 뿐이라고 스스로 잘못 생각한 따름이다.

시간과 경험의 행복한 교환은 최고의 기술에 속하거니와

인간은 이 기술을 터득하는데, 아직 만족할 만한 성공을 거두지 못하였다. 이 방면에 성공한다는 것은 지극히 어려운 일에 속하기 때문이다.

그러므로 아무리 다행한 자라고 할지라도 우리의 시간이 유수같이 흐르고 있다는 것을 생각하면 마음 한구석에 자리 잡는 쓸쓸한 생각을 금할 길 없다.

옛 시인 호레이스Horace, BC.65~BC.8 로마의 시인는 다음과 같은 시를 남겼던 것이다.

아아, 사랑하는 포스튜므스여.
세월은 유수같이 흘러간다.
공적, 눈물도 얼굴에 스며드는 주름살을
막아낼 길 없고, 노쇠한 소리 없는 발걸음을
멈출 도리가 없다.

그러나 분명 다른 길이 하나 있다.

만일 우리의 시간을 어느 정도라도 회복할 수 있다면, 만 일 오고 가는 순간마다 생명의 맥박과 자극으로 충만되어 세월을 보낸다면, 우리의 시간이 흘러간다는 생각은 다소의 우울한 심정으로 바뀔 것이다. 세월이 진실로 허무하게 가버리고 말았다는 감정이 뒤섞인 허망한 의식만은 면할 수 있다.

또 하나의 방법이 있다. 우리 자신이 앞으로 얼마 동안을 살면서 현재 하고 있는 이 일을 과연 계속할 수 있을 것인가에 대한 의문이다.

우리에게는 좀 더 많은 시간이 필요하다. 그렇기 때문에 흘러가는 청춘의 시간을 잠깐 동안이라도 연장시키고 싶어 한다. 노쇠의 빛이 다가오는 것을 잠시나마 멈추게 하고 싶은 것이다. 인생이 끝나기 전에 몇 해만이라도 더 삶을 연장하고 싶은 것이다.

그러나 따지고 보면 이미 소모된 건강과 정력 속에서 몇 해만이라도 더 살았으면 하는 얼마 길지도 않은 생명의 연장을 생각하고 있을 뿐이다.

몇 해가 아니라, 몇 세기를 산다고 생각해 보자. 아니면 의학의 발달로 하여 인간의 수명이 몇 번 더 연장된다고 하자. 청년기가 몇백 년 계속되고 또한 수백 년을 살 수 있다고 하자. 그렇다면 그 긴 인생을 사는 동안 우리는 무엇을 할 것인가? 우리의 이상과 관심, 오락과 사업, 부귀와 명예, 희망과 공포에 대해서 그 새로운 시간은 무엇을 의미한다고 말할 수 있는 것인가?

우리가 권태를 느끼는 일이란 어떤 일이며, 또 한결같이 흥미를 가질 수 있는 일이란 어떤 일을 말하는 것인가?

사업가도 권태를 느낀다는 말인가? 이윤 추구에 지친 나머지 여러 세기 동안 돈을 가지고 무엇을 할 셈인가?

법률가는 재판 사건을 변호하는데 과연 싫증을 느끼게 될까?—옛날 알렉산더 대왕은 자기의 정복 대상이 없음을 한탄하여 눈물을 흘렸다고 하거니와—새로운 알렉산더 대왕들도 긴 세월을 두고 하나씩 하나씩 정복할 대상을 찾아서 낙루하게 될 것인가? 또 애인들은 한결같은 사랑을 계속할 수 있을까? 몇백 년 동안의 사랑을 지속하고 못하고는 사랑의 방식 여하에 달린 것일까?

이제 우리는 시간을 '죽일' 수가 없다. 시간을 보낸다는 것은 중요한 문제가 아니다. 미래가 영원하게 보일 때 우리는 미래만을 위해서 살 수 없다. 미래가 그토록 길게 연장되므로 소위 시간을 무의미하게 낭비한다는 것은 오히려 짧은 생의 종말보다 괴로운 일이 될 것이다.

또한 우리는 사소한 이기심을 가지고 살아가는 데는 견딜 도리가 없기 때문에 이기심조차 귀찮아질 것이다. 이렇듯 견디기 힘든 권태에서 피하는 길은 오직 한 가지 방법밖에 없다. 즉, 자기 자신으로부터 벗어나는 일이다.

우리를 구제하는 유일한 길은 망아忘我의 경지에 이르는

일이다. 존재의 세계와 하나가 되는 것이다. 우리의 생명을 존재의 생명의 일부로 삼는 것이다. 우리의 맥박이 존재의 맥박과 혼연일체가 되게 하는 것이다. 그렇게 함으로써 우리는 언제나 현재에 살게 되는 것이다.

불과 몇 세기로 시간을 계산하게 되고, 그러한 요구가 절실해진다면 종교에서 생각하는 신비한 영원불멸을 어떻게 볼 것인가?

시간이라는 것이 의미를 못 가지게 되고, 오직 영원만 존재하는 것은 언제인가? 좀 더 대담하게 이런 문제에 대해 한번 생각해 보기로 하자.

우리는 다만 현재에서 살고 있을 뿐이며, 우리에게 많은 것을 내포하고 있는 진정한 영원을 우리는 가지고 있지 못하다. 그러므로 삶의 한가운데서 먹고 마시고 인생을 즐겁게 지내자고 한다면, 그것은 우리를 잘못 가르치는 것이다.

그러나 우리가 진실된 삶을 영위할 수 있는 유일한 시간은 다만 현재라는 것을 인정하는 점에서 이 이론은 부분적으로 옳다. 이 짧은 생존의 시간을 헛되이 채우려고 하지 않고 도피하려고 하는 것만 제외시킬 수 있다면 그런대로 이 주장은 옳은 것이다. 그러므로 우리들은 인생을 살려고 하지 않고 인생을 잊어버리려고 한다.

유리피데스Euripides, BC.480~BC.406 희랍의 극시인은 현명하게도 그것을 다음과 같은 아름다운 시로 읊었다.

생명의 구슬에서 이상하게도
세월은 갈수록 빛이 더하고
충실한 것이라고 아로새겨져 있다.
그리하여 무수한 생명들이 부평같이 살아간다.
저마다 천차만별의 희망을 가지고 발효소처럼
웅성거린다.
어떤 이는 득의만면하고, 어떤 이는 실의 낙망한다.
희망의 빛을 잃어버린 자도 있고
아직도 밝고 선명하게 타오르는 자도 있다.
그러나 긴 세월이 흘러간 뒤에
비로소 인생이 행복하다는 것을 안 사람은
모두 자신의 천국을 발견한 자라 하겠다.

우리는 무엇을 원하는가

당신 자신과 당신의 행복을 발견하기 위해서 당신의 행복을 잊어버리듯이 당신 자신을 잊어버려야만 행복할 수 있다. 많이 얻으려면 많이 주어야 한다. 만일 당신이 줄 것이 적다면, 당신이 가지고 있는 것을 남에게 주는 데 인색하다면, 당신이 받는 행복의 양도 적을 것이다.

당신이 가지고 있는 것이 무엇이든, 당신의 사회적 지위와의 관계가 어떤 것이든, 또 조상이 어떻든, 어떤 권위와 세력을 가지고 있든 간에 그 모든 것이 머리끝에서 발끝까지 이르는 작은 육체 속에 당신의 일체가 모두 포함되어 있음은 그 누구도 부인할 수 없다.

또한 당신이 경험하고 실현하는 것은 어디까지나 당신의 육체 속에서 경험되고 실현된 것들이다.

철학자들 가운데는 이것을 잘못 취하는 이가 더러 있다.

예를 들면, 당신의 성질은 당신의 인격의 한 연장이라고 철학자들은 말한다. 이것은 애매한 표현 방식이다. 만일 그것이 사실이라면 소인은 대인격大人格을 가질 수 없다는 말이 된다.

당신과 관계가 있는 사물을 마치 당신의 일부인 것처럼 이야기한다는 것은 한낱 혼란에 불과하다. 사람들과의 복잡한 관계 또 사물과의 미묘한 관계가 없다고 하면 당신은 비할 데 없이 빈약해지고 고독해질 것이다.

그러므로 여러 가지 대인관계나 대물관계가 당신으로 하여금 당신답게 하는 것이요, 또 당신을 향상되게도 만들고 낙후된 존재로 만드는 것이다. 좋건 나쁘건 간에 당신이 대인관계와 대물관계를 가지듯이 그런 모든 것이 당신의 세계를 구성한다.

그러나 당신은 당신이 가지게 되는 여러 가지 관계와는 다르다. 머리 끝에서부터 발끝 사이까지 둘러싸여 있는 것이 곧 당신이기 때문이다.

생물학자는 이것을 유기체라고 칭한다. 이 유기체가 바로 곧 당신이라는 것이다. 그러나 말이란 오해되기 쉽다. 대단히 과학적인 사람들은 당신을 어디까지나 유기체라고 칭하거니와 당신이 자기 자신을 하나의 유기체라고 생각하는데 만족한다 하더라도 그래도 이해되지 않는 부분이 우리에게 있다.

그러므로 당신은 자기 자신 즉, 머리 끝에서부터 발끝 사이에 있는 나를 하나의 인격이라고 생각하는 것이 바람직하다.

그러나 인격이란 말은 생각해 보면 너무나 막연하고, 그 의미가 제한되어 있음을 곧 깨달을 수 있다. 낡은 말이 하나 있지만, 이제는 이것조차 그 뜻을 제대로 드러내지 못하고 있다.

당신이 존재하고 있다는 사실을 느낄 수 있는 당신의 자아를 말로 표현하려고 하지만, 말이란 참으로 혼동되기 쉬운 단점을 가지고 있다. 일반적인 용법에 의하면 그 말조차 적당치 않은 표현 방법이다.

왜냐 하면 그 말도 남용이 심하기 때문이다. 말이란 즉, 영혼을 일컫는다.

영혼이란 말은 원래 안이한 여러 복음주의자福音主義者에 의해서 속된 의미로 쓰여지게 되었다.

즉, 영혼은 신체 속에 살고 있으면서 신체와 분리될 수 있는 막연하고 소름 끼치는 신비한 영원성을 가지고 있는 것, 때에 따라서 영혼은 정신이라는 좀 더 신비한 물건처럼 쓰인다. 그것은 매우 유감된 일이다.

왜냐 하면 우리의 일체의 사고와 행동 속에 스스로 표현되는 행동의 통일적 원리, 당신에게 생명을 주는 명확한 자아, 형상과 질료質料, 노력하고, 희망하고, 의욕하고, 사랑하고, 두려워하는 당신의 자아의 보편성과 독자성의 관념을 표시하기 위해서 우리는 정신이란 말을 써야 하기 때문이다.

이것은 놀라운 힘을 가졌지만 신비하지는 않다. 이것을 표현할 적당한 말은 없지만 우리는 모두 그것을 알고 있다. 우리가 어떤 사람과 예기치 않는 장소에서 우연히 만날 때마다 그러함을 엿볼 수 있다.

그것은 그 사람의 얼굴에도 나타나고 온갖 행동 속에서도 나타난다. 또 그것은 무한한 변화성을 가지고 있다. 때에 따라서는 불완전하게 보이기도 한다. 또는 좌절되고, 부분적이고, 아직 발달이 덜된 것처럼 보인다. 심지어는 단편적이기도 하다.

정말 완전한 것, 완전무결한 하나의 통일적인 원리를 가진 사람은 극히 드물다.

그 영혼 속엔 깊은 세계가 있는데, 어떤 때는 그것이 타의에 의해 가리워지는 수가 있다. 자기를 잊어버리게 하거나 자기를 각성케 하는 사랑의 불꽃을 처음으로 경험하는 소년 소녀에게서 우리는 아마도 그와 같은 영혼의 깊은 세계를 발견할 수 있을 것이다.

또한 자식을 바라보는 어머니의 표정에서, 어쩌면 조소와 패전에 직면하고 있으면서도 자기의 자리를 지키려고 하는 남자에게서, 아니면 크나큰 비애를 감당하기 위해 깊은 고귀성을 마음속에 불러일으키는 사람이나, 또는 어떤 위대한 예술가나, 어떤 남자 혹은 여자의 영혼을 그려놓은 그림 속에서도 우리는 영혼의 깊은 세계를 발견하게 된다.

이러한 하나의 통일적 원리가 바로 인격의 존재요, 형상이요, 실질이다. 그것은 그 자신의 통일과 완성을 요구하는 하나의 힘이다.

인간은 무엇을 구하는 존재인가

인간은 많은 것을 구하고 여러 가지 기분과 반응을 가지고 수 없이 변화하며, 갑이라는 방향에서 을이라는 방향으로 이동하는 것과 같다. 아마 단번에 여러 가지 방향을 지향하는 모순된 존재이다.

그렇다면 인간은 어떻게 해서 한 원리, 한 형식, 한 인격을 가질 수 있는가?

우리는 자기 자신을 발견하고자 노력한다. 그렇다면 우리는 거기서 무엇을 발견할 수 있는 것일까? 만일 우리가 자신의 내부만을 살펴보고자 한다면 아무것도 찾지 못함은 당연한 일이다. 또한 우리가 외부만을 바라본다면 거기에도 우리의 존재는 보이지 않는다. 하지만 우리가 속해 있는 것과 우리 자신과를 통일하기만 한다면, 우리는 우리 자신의 모습을 쉽게 발견할 수 있다. 그것이 바로 인간의 생성生成이다.

그것은 인간에게 있어 결코 쉬운 일이 아니다. 쉬운 경우에 있어서의 그것은 대수롭지 않은 모습만을 나타낼 뿐이다. 그것에는 항상 많은 조건이 따르고 있어 우리들의 탐구적인 노력을 곧장 방해한다. 그래서 대다수의 사람들은 중도에서 탐구적인 노력을 포기해 버리는 것이다.

한 그루의 나무가 자라는 데는 적당한 땅과 공간과 일광과 비가 필요하듯이 인간 생활에는 그것을 불러일으키는 여러 가지 조건이 반드시 필요하다.

기회 포착의 능력이 부족하면 인간 생활의 발전은 길을

잃어버리게 된다. 설사 좋은 기회를 얻게 되더라도 결정적인 선택은 모든 것을 좌우하게 된다.

인간 생활의 방향은 여러 사실에 의해서 결정된다. 어렸을 때만 보더라도 여러 가지 사실이 생활의 방향을 왜곡하는 경우가 허다하다.

어린이의 생활은 전적으로 어른의 영향에 달려 있거니와 생활의 방향까지도 여러 가지 방식으로 바꾸어 놓는다. 그와 같은 결과는 어른들이 제멋대로 상상을 해 가지고 어린이를 다루려고 하기 때문이다. 또 부자유와 빈곤의 압력은 어린이의 노력을 공식시키기까지 한다.

어쨌든 외부의 억압이라든가 또는 내부의 그릇된 지식에 의해서 어린이 자신의 생활 형태는 피해를 당하고 어린이 자신의 원리가 파괴되기 쉬운 것이다.

인생의 수단에 속하는 것 즉, 지위와 돈과 권력은 생활의 목적, 다시 말하면, 우리 존재의 깊은 만족을 실현하기 위한—그렇게 생각하지만 왕왕 허망한 경우가 있다—수단이거니와 이러한 수단 외에 우리의 추구와 목적은 무엇인가?

우리는 이러한 질문을 하지 않는 경우가 있다. 아니, 그런 문제를 질문하려고 하지 않는 경우도 있다. 늘 지나칠 정도로 들어와서 이제는 우리에게 아주 무의미하게 된 반신비적인 공식을 그대로 되풀이할 뿐이라고 여긴다. 그 공식은 '영혼'이란 말과 깊은 관계가 있다.

자, 그것을 영혼이라고 부르자. 각자 어떤 경험을 하건, 사람은 누구나 다 좋건 나쁘건, 깨끗하건, 불결하건, 크건 적건 간에 어떤 종류의 영혼을 가지고 있다. 그것이 무엇이건 간에 영혼은 과거의 무수한 생명—무수한 생명은 한 생명 원리에서 발하는 천태만상의 불꽃이다—의 산물임에는 틀림없다.

그러나 그 영혼이 일단 당신의 내부에 깃들게 되면 영혼은 통일 속에 육체와 하나가 되려고 하는 것이며, 영혼은 이 통일 속에서 완전한 우리 자신이 될 수 있다. 영혼이란 이와 같이 표현함으로써 자기 자신을 발견한다.

그러나 그 발견에는 여러 가지 장애가 따른다. 그것은 평탄한 코스는 아니다. 미지의 도상에는 난관이 중첩해 있다. 길을 잘못 들어 황야에서 방황하는 경우도 있다. 그것을 발견하기 위한 적당한 준비를 마련할 때까지 그 탐구를 지연하는 것은 제일 좋지 않은 일이다. 그러므로 우리가 종사하는 온갖 활동과 우리는 관련을 가지고 있게 마련이다.

결국 어떤 일에 우리의 영혼을 맡겨버리지 않고서는 그 일에 사색과 정력을 바칠 수가 없다. 모든 관심을 등한히 하고 인생의 수단 획득에만 골몰한다면, 우리의 영혼은 수단을 위한 생활 때문에 결국은 어떤 빈약한 보상을 구하지 않을 수 없게 된다.

이와 같이 우리는 권력과 재산과 지위에 따르는 명예를 갈망하게 된다. 우리가 그런 것을 얻는 경우나 잃어버리는 경우를 막론하고, 우리는 노력의 피안彼岸에 있는 온갖 선을 자칫하면 상실하기 쉽다. 우리가 인생의 사업에서 성공하면 우리는 그만큼 산다는 일에 있어서 위기에 빠진다.

로마의 어느 시인이 말한 바와 같이 생활의 수단만을 위해서 살 때 우리는 생활의 근본을 상실하게 되는 것이다. 우리가 성공을 하면 우리는 삶에 있어서 승리했다고 생각하게 된다.

왜냐 하면 수단 즉, 사물을 지배하는 힘을 획득하는 데 성공하면 그 수단의 현실이 곧 완전한 선이요, 그 자체가 의미 있는 것이라고 생각하기 때문이다.

그 뿐만 아니라 수단의 추구는 우리에게 아무런 문제도 일으키지 않는다. 만일 우리의 승리가 수단의 획득에서 이루어지는 것이라면, 그것은 어디까지나 우리가 원하는 목적을 위한 수단이어야 올바른 것이다.

그러나 생활 목적의 제반 문제는 알 수 없는 어려운 일에 속한다. 옛날 수단이 너무 부족하고 불충족하던 때에는 생활 목적의 문제는 훨씬 쉬운 것 같았다. 교회에서 말하는 그럴듯한 대답은 그 의미도 막연하였지만, 그래도 모든 사람들이 순순히 받아들었다.

고대 교회의 교리 문답은 인생의 목적이 무엇이냐 하는 첫째의 질문에 대해서 이런 대답을 하였다.

"인간의 근본 목적은 신에게 영광을 돌리는 일이요, 또 하느님을 영원히 기쁘게 하는 것이다."

행복이 우리가 원하는 최상의 목적인가

행복이란 다른 어떤 말보다도 우리가 원한다고 생각하는 것에 제일 가까운 말이다.

그러나 행복이란 무엇이며, 과연 행복은 어디서 찾을 수 있는 것인가?

우리는 행복의 추구란 말을 자주 한다.

미국 독립선언에 의하면 행복의 추구는 생명, 자유와

더불어 인간의 삼대 권리 중 제삼 요소다.

이 삼대 권리의 나머지 두 요소 즉, 생명과 자유는 제삼의 요소, 행복의 추구를 위해서 반드시 필요한 기본조건이 된다는 것이다. 이것은 유명한 '독립선언문'의 가장 혁명적인 선언이었다. 재산을 기본적 권리의 제삼―또는 제일―의 요소로 삼았던 과거의 이론에 대해서 독립선언은 '행복의 추구'를 내세운 것이다. 이것이 바로 새 시대의 예언이었던 것이다.

그러나 그 '권리'는 행복에 대한 권리가 아니고 행복의 추구를 위한 권리였다는 것이 중요한 점이다. 그렇다. 거기에는 언제나 장해가 있다.

만일 행복이 우리가 원하는 최상의 것이라면, 그것은 직접적인 추구의 대상이 될 수 없다. 우리는 쾌락만을 찾아서 행동할 수 있기 때문이다.

그러나 그것만을 추구한 결과 쾌락 대신에 비애를 만나는 경우도 없지 않을 것이다. 그러므로 행복만을 추구할 수 없는 것이 인간의 삶이다. 만일 우리가 행복을 발견하는 경우에는 물론 다른 목적을 추구함으로써 비로소 행복을 발견할 수 있는 것이다.

우리가 행복 이외의 다른 대상을 탐구하고 또 발견하였

으므로 우리는 자기 자신에게 있어 가능한 행복이 어떤 것인가를 찾을 수 있다.

만일 어떤 행복이 당신을 기다리고 있다면, 당신은 행복 이상의 또다른 대상을 반드시 갈망하게 된다. 우리 인간은 행복을 가지기 위해 노력하고, 또 그것을 얻기 위해 참고 견디려고 하는 것이므로 오히려, 우리는 행복을 잊음으로써 행복을 얻을 수 있다는 현명한 대답을 찾을 수 있다. 이것은 이중의 역설이다.

당신 자신과 당신의 행복을 발견하기 위해서 당신의 행복을 잊어버리듯이 당신 자신을 잊어버려야만 행복할 수 있다. 많이 얻으려면 많이 주어야 한다. 만일 당신이 줄 것이 적다면 또는 당신이 가지고 있는 것을 남에게 주는 데 인색하다면, 당신이 받는 행복의 양도 적을 것이다.

그 이유는 명백하다. 행복은 다만 정신의 상태도 아니며, 감정도 아니기 때문이다. 존재가 자아실현의 목적을 향해서 움직일 때 느껴지는 공명, 이것이 바로 행복이다.

당신의 모든 것 전체, 생생한 당신의 생명이 혼연일체가 될 수 있는 대상을 향해서 움직일 때 당신 내부에 생기는 조화가 곧 행복이요, 당신의 삶의 세계를 당신의 가정으로 만드는 여러 가지 관계의 체계 속에서 이루어지는 실현이 곧 행복이다.

자기의 세계를 발견함과 동시에 자신의 행복을 찾기란 경우에 따라 쉬울 수도 있고 그렇지 못할 경우도 있다.

인생의 부침화복淨沈禍福은 면할 길이 없으므로 당신의 행복은 불안정할는지도 모른다. 또는 깊은 근거를 가지고 있는지도 모르겠다. 행복의 획득 내지 유지가 쉽든 곤란하든 간에 행복의 경우도 사랑의 경우와 마찬가지여서 그 척도는 언제나 당신의 척도에 따라 다르다.

각자 자기 자신의 통일을 요구하고 또 필시 자기 나름대로의 고유한 존재 형식을 가지고 있으므로 행복을 발견하는 방법은 천차만별이다.

자기 자신과 하나가 되는 길이 다종다양한 것은 상호 관계가 매우 복잡하기 때문이다. 대부분의 탐구는 불완전 불충분하여 일시적인 방편인 경우가 많다. 체념해 버리기 전에 행복을 향해서 전진하는 경우도 볼 수 있다.

어떤 가상적 권위가 설명하는 신비나 또는 권위─높은 권위도 있고 낮은 권위도 있다─앞에 자기의 의지 혹은 정신을 복종시킴으로써 커다란 행복을 발견하는 사람도 있다.

그들은 이와 같은 방식으로 확신과 평화를 발견한다.

그러나 그런 복종을 거부하는 이도 있다. 그런 사람은 자기 정신을 어디까지나 자신의 정신으로서 고수하려는 좀 더 포괄적인 활동을 반드시 주장하게 된다.

만일 그들이 어떤 대상에 대하여 애정을 느낀다면 그들은 자기 의지를 고수해야 한다. 그들이 실현하는 행복은 모두 다른 방식으로 그들에게 실현될 것이다.

그들의 행로는 탄탄하지가 않다. 그 귀착지가 어디건— 집이건 또는 들판이건—그들은 어디까지나 모험의 길을 걸어야 한다.

인간은 고독한 존재인가

우주 만물이 우리에게서 멀어져 간다. 가장 가깝고 가장 친근한 관계. 가장 다정한 사물들이 모두 우리에게서 멀어진다. 이런 심경에 사로잡힐 때 자기 자신의 육체까지도 외부에 있는 것처럼 느낀다. 이것이 바로 영혼의 고독이다. 이런 고독에 빠질 때 우리는 자기 자신의 순수한 의식으로 돌아간다. 그와 동시에 홀로 여러 세계를 유랑하는 자의 하염없는 불안을 느끼게 된다.

인간이 행복을 탐구하는 데는 두 가지 길이 있다는 것을 말하였다. 하나는 복종의 길이다. 즉, 자기를 부정하는데서 만족을 발견하는 길이다.

또 하나는 위험한 모험적 정신의 길이다. 즉, 자기 현실에서 만족을 발견하는 길이다. 첫째 방법의 모범적 인물은 성자聖者요, 둘째 방법의 전형적 표본이 영웅이다. 두 가지의 삶의 방법이 서로 멀리 떨어진 것 같지만, 실상 도달점은 하나다.

그러나 자기 자신에 돌아간다는 것이 무슨 뜻인지를 좀 더 자세히 탐구해 본다면 그 대답은 선명해질 것이다.

우리는 부단히 탐구하는 자들이다. 목적과 수단, 목적에 대한 수단, 목적 관념 없이 수단을, 수단의 관념 없이 목적을 탐구한다. 그렇다면 그 도달 목표란 과연 무엇을 뜻하는 것인가?

인간이 참으로 실현하려고 하는 목적이 무엇이냐고 우리에게 묻는다면 대개의 경우 준비된 대답을 찾지 못할 것이다. 적절한 표현을 한다면 그런 질문은 '엉뚱하고, 쓸데없는 대수롭지 않은' 것이라고 생각할는지 모른다.

우리는 항상 많은 요구를 하고 있다. 그리고 이 요구를 만족시키려고 한다. 또 우리에게는 여러 가지 충동이 있다. 충동이 움직이는 대로 우리는 행동한다. 그뿐만이 아니다. 그러한 많은 충동과 요구는 우리의 요구이며 충동이기도 하다. 당신의 것이기도 하며 또한 내 것이기도 한 것이다.

이러한 요구와 충동은 부분적으로는 같지만 당신과 나에 대해서는 각각 큰 차이가 있다.

우리는 저마다 다르고 저마다 어떤 독자적 성격을 가진

인격체이다. 이러한 독자성은 가치가 큰 것도 있고 작은 것도 있다.

예를 들면, 누구나 다 엄지손가락을 가지고 있으나 그 지문은 각각 다르다. 그러나 엄지손가락의 독자성에 대해서 우리는 특별한 가치를 인정하지 않는다. 그것은 여기서 우리가 관심 둘 바가 아니다. 우리는 각각 하나의 인격이며, 저마다 존재의 한 초점이요, 하나의 자아인 것만은 사실이다.

나의 여러 가지 요구는 그것을 만족시키도록 나를 추진한다. 요구가 자기 자신만을 만족시키려고 하는 것이 아니다. 충동이 이 길을 가라, 저 길을 취하라고 나를 뒤에서 민다. 또 충동이 자기 자신의 말을 타고 가는 것도 아니다. 아무리 어지럽고 혼란한 경우라도 우리는 언제나 통일된 자아로 돌아간다.

만일 자아가 하나라면, 또 자아는 하나이므로 여러 가지 요구와 여러 가지 충동을 지도 통제하는 능력을 가지고 있다면 자아란 하나의 전체적 완성, 어떤 목표 또는 어떤 포괄적인 목적을 가지고 있다고 보아도 좋다. 이 목적을 행복의 탐구라고 칭해도 무방하고 우리의 소원이라고 해도 좋다. 우리 내부의 여러 가지 혼란에도 불구하고 이러한 자아는 우리의 것이라고 각자 자각하는 것이다.

우리는 모든 방향에 대한 감각을 결여, 혹은 상실하는 경우도 있다. 그러나 방향을 상실한 그러한 존재도 우리 자신의 자아임에는 틀림없다.

때로 우리는 자기 자신을 온통 받쳐 타인에게 봉사하는 경우도 있다. 그러나 우리는 그것을 통해서 자기 자신에 충실해지며 자기 자신을 실현하려고 하는 것이다.

또 우리는 어떤 높은 권위 앞에 자기의 의지를 복종시키는 경우가 있다. 그러나 그런 경우에도 우리가 받아들이는 그 의지와 우리 자신은 동일한 것으로 보고, 다만 우리 자신의 특수한 경우로서 그 의지에 복종하는 것이다.

우리는 이러한 자아를 애지중지하는 경우가 많다. 때에 따라서는 이러한 자아를 두려워 한다. 또 자아의 요구를 잘못 이해하는 수도 있다. 이러한 자아는 때로 우리에게 막연한 불안감을 주고 괴로운 책임 관념을 느끼게 하는 경우도 있다.

너무 심한 고민을 겪는다든가, 우리의 존재가 불쾌감을 느끼는 일에 시달리면 햄릿처럼 유일한 도피는 망각 밖에 없다는 것을 인식하고, 이러한 자아에서 도피할 생각을 간절히 느낄 것이다.

그러나 희망과 공포, 승리와 손실, 행위와 고통, 긍정과 부정, 우리가 어떤 감정을 느끼던 간에 인간은 여전히 자신과 자아의 존재를 믿는다. 각자의 마음속에서 자각을 가지는 하나의 통일된 존재를 믿는다.

왜냐 하면 이것이야말로 우리가 실현할 수 있는 것이기 때문이다. 무릇 우리가 구하는 선, 우리가 추구하는 목표를, 우리 존재의 성실성을 높게 하고, 깊게 하고 충실하게 함으로써 우리에게 선도 되고 목표도 되는 것이 다.

영혼의 고독, 어디에서 오는가

자아는 자아의 여러 가지 조건과 희생을 가지고 있다. 먼저 자아는 우리에게 두 가지 고독을 준다. 하나는 영혼의 고독이요, 또 하나는 심령의 고독이라고 할 수 있다.

우리는 남과 분리된 고독한 존재로서 낯선 온 우주 앞에 혼자 서 있다고 홀연히 느끼는 경우가 간혹 있다.

우주 만물이 우리에게서 멀어져 간다. 가장 가깝고 가장 친근한 관계, 가장 다정한 사물들이 모두 우리에게서 멀어진다. 이런 심경에 사로잡힐 때 자기 자신의 육체까지도 외부에 있는 것처럼 느낀다.

이것이 바로 영혼의 고독이다. 이런 고독에 빠질 때 우리는 자기 자신의 순수한 의식으로 돌아간다. 그와 동시에 홀로 여러 세계를 유랑하는 자의 하염없는 불안을 느끼게 된다.

이럴 경우 우리는 자기 자신만을 의식하게 되고 다른 사람들은 모두 잊어버리게 된다. 이러한 고독의 순간에는 자신의 혈관 속으로 흐르는 피가 따뜻하다거나 차가운 것을 느낄 수 없고 또한 신체의 기능에서 유쾌한 만족을 가질 수도 없다.

이러한 순간 나는 홀연히 자아를 인식하게 되고, 허공의 빈 장막 위에 그려진 자기 자신의 환상을 보게 되고, 창문이 없는 감옥 속에 꼼짝할 수 없이 둘러싸여 있다는 것을 깨닫게 된다.

이러한 영혼의 고독은 우리를 찾아오다가도 곧 사라져 버리고 만다. 다만 좋지 않은 기억만이 남을 뿐이다.

또 심령의 고독은 보다 더 일반적이고 사라지지 않는 경험이다. 그것은 잃어버린 애정과 우정에 대한 동경이요, 상호간의 이해와 우정을 주고받는 데서 생기는 두터운 친교를 부러워하는 마음이다.

심령의 고독은 자기에게 무엇이 필요한 지를 알며 고독을 위로하는 길이 무엇인지를 안다.

심령의 고독은 치유할 방법이 없다. 다만 잊어버린다는 유일한 길만이 있을 따름이다.

우리는 일상생활에서 타인과의 여러 가지 관계를 통해서 자기 자신으로 돌아가는 것을 배운다. 타인의 요구와 욕망, 나의 욕망과 요구가 서로 조화되거나 충돌할 때에 우리는 자기 자신의 자아를 마음속에 의식한다. 그러므로 우리는 타인을 다른 자기라고 인정하게 되는 것이다.

이렇듯 타인과의 여러 가지 관계를 통해서 내가 나 자신에게 좀 더 충실한 자아가 될 수 있는 기회와 문제에 접하게 되는 것이다.

거미와 같은 생물은 혼자서 살아간다. 같은 거미끼리 모여서 사회를 만들 필요가 없다. 다만 교미의 충동은 별 문제로 치고, 거미는 저마다 자급자족하므로 서로 싸울 것도 없고, 서로 배울 것도 취할 것도 없다. 거미에게는 자아의 문제 같은 것이 없다.

하지만 인간은 그와 아주 반대의 경우다. 저마다 어디까지나 상호 의존하고 있다. 사회라는 모체를 떠나서 인간은 자기 자신이 될 수 없다.

숲속이나 외딴 곳에 내버림을 받게 되어 사회적 양육의 기회를 잃지만 어떻게 해서든지 생명이 유지되어 몇해 후에 다시 인간사회로 돌아오게 된 그런 어린이들의 이야기―충분히 신빙성을 입증할 만한―가 있다.

이런 어린이들이 인간사회로 돌아오면 우선 말을 못하고 비틀거리며 이상한 표정 속에 인간성을 상실한 짐승같이 되어 더러운 손으로 고기를 쥐어뜯는 꼴이란 인간의 모습이 아니라 바로 짐승의 형상이다.

부단히 움직이고, 부단히 쌓이고, 부단히 변화하는 사회적 유산을 사회가 우리에게 가르치고, 훈련하고, 보호하고 준비해 주지 않는다면, 우리가 자신의 내부에 무엇을 가지고 있건 간에 아무 의미도 주지 못한다.

우리의 온갖 성취와 달성은 모두 사회의 덕택이다. 그러나 성취하고 달성해야 할 자는 곧 우리다. 우리 자신이 만들어진다는 것은 모두가 자신과 사회의 덕택이다. 하지만 우리는 여럿이 모여서 각기 제소리만 내는 피리 소리는 결코 아니다.

그렇다면 자기 자신이 이루어진다는 것은 어떤 뜻을 의미하는 것일까?

여러분이나 내가 만일 회교 국가에서 태어났더라면 우리

는 틀림없이 회교도가 되었을 것이다. 우리가 어렸을 때, 회교 국가를 떠나 로마 가톨릭 국가에서 성장하였다면 가톨릭 교도가 되었을지도 모른다. 또 우리가 영향을 받은 신앙을 배반한다고 하더라도 그 사실만 우리에게 깊은 영향을 미칠 것이다.

만일 당신이나 내가 공산주의 국가에서 태어나 거기서 성장하였다면 십중팔구 공산당이 되었을 것이다. 또 공산주의 이론을 가장 열렬히 주장하는 소련인이 민주주의 국가에서 태어나 거기서 자랐다면 틀림없이 민주주의의 덕을 높이 찬양했을 것이다.

이것은 우리가 잠깐 생각해 볼 문제다. 우리가 자기 신념을 주장하고 자신의 궁극적 진리를 선언할 때 우리가 그것을 지지하는 이유는 그 이론이 좋다고 믿도록 교육받았기 때문이요, 만일 우리가 다른 곳에서 태어나 달리 자랐다면, 우리가 지금 전적으로 반대하는 이론을 동일한 확신을 가지고 지지할지도 모를 것이라는 생각에 이를 때 그 결과에 대한 두려움은 소름이 끼칠 정도다.

그렇다면 관습과 인습, 관례와 교육이 우리의 도덕적, 지적 성격과 요소를 결정짓는 척도인가?

또한 인간이란 다만 사회가 우리 정신 위에 주는 문화적 형태의 묘사에 불과한 것인가?

우리가 사용하는 관념을 자신의 내부에 불어넣을 뿐만 아니라 용하게도 그 관념이 우리 자신의 관념인 것처럼 믿게끔 만드는 비상한 최면술사가 곧 사회란 말인가?

이와 같은 결론을 인정하기 전에 우리가 잊어서는 안 될 것은 사회적 교육은 불가피할 뿐만 아니라, 가장 필요하다는 점이다.

교육을 받지 않은 젊은이는 제 힘으로 무엇을 생각해 낼 수 없다. 또 그들은 도표道標가 없는 길을 갈 수 없다.

그러므로 길을 가기 전에 먼저 어떤 생활방식을 배워야 한다. 그들이 얼마나 전진하고 얼마나 길에서 벗어날 수 있느냐 하는 문제는 주로 자기가 받은 교육의 종류 정도와 수준 여하에 달려 있는 것이다. 이러한 교육 없이는 아무 데도 갈 수 없다.

그러면 가장 불리한 경우를 생각해 보자. 인류의 모든 중요한 문제에 대해서 전 국민이 올바른 교육을 받을 수 있는 사회를 생각해 보자. 이런 사회에는 하나의 강제적이고 엄격한 보호를 받는 정통적 이론이 있다.

이러한 사회는 관습이 일체를 지배하는 단순한 사회다. 이와 같은 사회의 좋은 한 예로서 근대 독재주의를 들 수 있다.

독재주의 국가에서는 정부가 모든 선전을 장악하고 일체의 이단을 무자비하게 억압한다. 근대 독재주의 경우는 더 비참하다.

왜냐 하면 독단적 권위를 선언하되 비밀 조직화된 강제와 거미줄 같이 퍼져 있는 권력기관을 이용하므로 신축성 있고 친절미가 있는 관습의 지배보다도 훨씬 더 큰 충격을 우리에게 주기 때문이다.

이러한 환경 속에서는 예민하고 지적인 탐구적 정신은 위축 억압당하기 마련이다. 다만 천성적인 신봉자와 열렬한 신자만이 자기 자신을 지킬 수가 있다. 그렇다 하더라도 절대 국민의 대다수는 청년 시절에 받은 강력한 교육으로 하여 정부에서 억압하는 모든 제도를 안이하게 받아들이는 것이다.

이런 안이한 태도는 여러 가지 기본 문제에 관해서 우리들이 흔히 취하는 태도다. 그들은 자기의 이와 같은 사상에 대해서 조금도 불편을 느끼지 않고 그 지배의 테두리 속에서 자신의 기질과 환경 변화에 따라 존재 방식을 발견하여 그에 의해 행동한다.

또 그들은 자유 사회에서 볼 수 있는 도전, 자극 등 등의 기본적인 회의와 논쟁이 없다고 하더라도 별로 이상하게 생각지 않는다. 복종주의의 노예적인 습관이 제2의 천성이 되면 그들은 자기 자신이 잃어버린 것이 무엇인지조차 전혀 인식하지 못하게 되는 것이다.

그보다 더 중요한 문제는 민주주의 사회에서 자기 자신으로 돌아가는 문제다. 민주주의는 다른 것과 비교할 때 자유 사회다.

그러나 그렇다고 자유 사회가 인격을 억압하고 인간의 자기 실현의 능력을 짓밟고 왜곡한다고 생각되는 여러 가지 복종적 억압이 없다는 뜻은 아니다. 물론 좋은 기회임에도 불구하고 상당한 장애가 뒤따르는 것도 사실이지만 커다란 유혹도 도사리고 있음은 그 누구도 부인하지 못할 것이다.

하지만 민주주의 사회에 있어서 자기 자신의 노력은 높은 수준으로 앙양된다. 그렇다고 노력의 필요성이 적어진다는 뜻은 결코 아니다.

대다수의 인간들이 자기의 삶을 영위하고 보다 나은 생활을 개척해 보려고 할 때 몇 가지 장애에 부딪히게 된다.

청년들은 예술가나 작가, 음악가가 되기를 갈망한다. 아니면 어떤 높은 직업을 붙들려고 한다. 그러나 넉넉한 생활 원천이 없다. 그래서 한 주일에 얼마씩이라도 돈을 벌어들여야 한다.

우리는 경제적 유혹에 부딪히는 경우가 왕왕 있다. 남의 호감을 얻기 위해서, 또는 지위의 승급을 위해서, 일반적인 인정을 받기 위해서 우리는 부득이 자신의 의견을 변경해야만 하는 경우도 있고, 또 자신의 신념을 굽혀야 하는 경우도 있다.

내 가치를 분명히 하라

자기의 생존을 위해서는 부정에 본의 아니게 추파를 던져야 하는 때도 있고, 우리 양심을 스스로 위로해야 하는 일도 있으며, 대중의 비위에 맞는 말도 해야 한다.

우리가 원하는 여러 가지 일에 대해서 우리는 타인으로부터 힘입는 바가 많다. 또 그렇지 않은 것처럼 꾸며야 하는 경우도 있다.

그렇지 않으면 애정에서, 또는 동정에서, 아니면 남의 노여움을 살까 두려워서 그러한 행동을 취하는 경우도 있다. 또한 내 편리를 위해서 그러는 수도 있고, 내 이익을 위해서 행동하는 경우가 대부분이다.

내 자신의 내부에 가지고 있는 것과 남이 나에게 그렇게 되기를 원하고, 기대하고, 유혹하고 권유하는 것과의 이 두 사이를 우리는 대각선처럼 왔다갔다 한다.

"만일 내가 남의 지배를 받지 않고 그들을 지배하는 윗사람이라면 내 가치를 분명히 하고 나다운 빛깔과 특색을 드러낼 수 있으련만…"

하고 생각하는 사람이 우리들 가운데 대다수일 것이다.

그러나 윗사람이 되면 그 역시 본의 아닌 행동을 해야 하는 강한 자극이나 동기를 가지고 있다는 것을 스스로 모르고 있는 것이다. 또 어떤 이는 이렇게 생각할 것이다.

"만일 나에게 독립된 수입이 있다면, 내 이상대로 모든 것을 할 수 있으련만…"

또 이런 생각을 갖는 사람도 있을 것이다.

"이 다음에 내가 은퇴하게 되면, 내가 하고 싶은 이상적 생활을 못 하게 만드는 여러 가지 필요에서 해방될 수 있을 것이다. 그러나 유감된 것은 그 때가 되면 나는 너무 늙어 있을 것이 아닌가."

이러한 우유부단한 생각은 삶에 있어서 별로 도움이 되지 못한다.

인간은 현재 자신이 하고 있는 일을 통해서만 자신의

이상에 도달할 수 있는 것이다. 아무런 책임과 의무가 없는 진공 상태에서의 우리는 자신에 이를 수 없다.

현재 자신이 하고 있는 일을 위해서 자기 훈련을 쌓아야만 그 목적을 달성할 수 있다. 노력의 필요가 없다면 목적의 달성도 없는 것이다.

참다운 자기 자신이 되기 위해서 우리는 눈앞의 세계와 직면하지 않으면 안 된다.

우리는 에덴의 동산이 아니라 자기 자신의 동산부터 갈아야 한다. 어쩌면 당신의 동산은 넓지 않을는지도 모른다. 그러나 만일 당신이 당신의 동산을 갈게 된다면 좋은 열매를 거둘 것이다.

당신의 이러한 자아는 우리가 인식할 수 없는 무한한 여러 가지 관계의 산물이다. 당신의 자아는 당신의 유전과 교육과 주위의 세계에 의해서 형성되었다.

자아는 형성될 때 비로소 존재하는 것이다. 그것이 존재의 당신이며, 이미 실현된 당신이고, 장차 실현되어야 할 자아이다.

당신의 존재는 외부로부터 어떤 법칙의 지배를 강요받더라도 자기 자신의 법칙을 가지고 있다.

참된 자기 자신이 되려고 하는 당신의 부단한 노력이 신중하면 할수록 자기 존재의 법칙을 실현하려는 갈망이며, 의욕인 것이다. 그것은 당신만이 느끼는 법칙으로 당신이 파악할 수 없는 법칙이기도 하다.

하지만 타인에 의해서 또는 자기 자신에 의해서 자기 존재의 법칙이 유린 침해당했을 때 우리는 그 법칙을 가장 강하게 느끼는 것이다. 그 법칙의 조화가 깨어지고 그 질서가 무너졌다는 사실을 비로소 우리는 알게 된다.

당신의 존재의 법칙은 당신이 속해 있는 존재의 세계 속에서 당신이 있을 자리, 있을 집을 발견하지 않고서는 당신은 존재의 법칙을 실현할 수 없다.

당신의 존재는 율동적이며 언제나 맥박이 살아 있는 하나의 활동체다. 무수한 작은 리듬이, 모두 하나가 한 개의 위대한 조화다.

그러나 당신의 존재, 당신 본래의 우주의 깊은 유기적 조화 속에 존속되지 않는다면 그 맥박은 약하고 힘이 없다. 당신이 이러한 존속을 가장 강하게 의식하는 순간이야말로 당신의 생명이 가장 약동하는 순간이다.

자기 중심에 빠질 때 인간은 자신의 자아에 도달하기가 가장 어렵다. 타인과의 단순한 차이에서 자아가 표현되는 것도 아니다.

당신은 다른 모든 사람과 구별된다. 당신의 차이는 타인과 공통적으로 가지고 있는 본질적 성질의 한 변형에 지나지 않는다.

이러한 변형이 중요한 것은 아니다. 타인과 공통적으로 가지고 있는 통일에 의해서 당신의 차이가 드러나는 방식이 중요한 것이다.

당신에게 공통적인 인간성이 없다면 당신의 차이는 당신 존재의 법칙을 왜곡하므로 하나의 악이 된다.

당신의 차이가 당신의 공통적 인간성의 감정을 무시할 때, 당신은 자기 자신을 발견하지 못하고 자기 자신이 되지 못한다. 당신이 남과 다른 점—당신의 사회적 지위, 좋은 문벌, 웅변의 힘, 예술가적 소질, 동료를 판단하는 능력—을 어떻게 발전시키는가가 중요한 문제는 아니다.

당신이 대수롭지 않은 기획가일는지도 모르고 또는 다수를 내 뜻대로 좌우하는 권력가일지도 모르겠다. 또 당신은 눈앞의 작은 이권을 탐내다가 자신을 망칠지도 모른다. 어쩌면 큰 권력을 장악하려다가 일신을 파멸시킬지도 모른다. 당신은 온 세계를 얻지만, 자기 자신의 영혼을 잃어버릴지도 모른다.

알렉산더 대왕은 이 이상 더 정복할 세계가 없어서 눈물을 흘렸다고 하거니와 그와 같은 그의 생활은 모든 가치를 허영의 빈욕 속에 몰아넣는 허망한 야심을 나타내고 있었던 것이다.

우리의 운명과 지위가 일의 대소를 막론하고 야심의 유혹과 그릇된 감정으로 인하여 왜곡될 때 우리는 외부적 목적의 추구 속에 자아를 잘못 인식하게 되는 것이다. 그러나 우리는 자신을 피하려는 성공을 여전히 갈망한다.

완전한 성공이란 희망의 피안에만 존재한다. 그러나 조용히 귀를 기울여 보면 자신의 목표가 틀렸다고 우리에게 속삭여 주는 경고의 소리를 마음속으로부터 들을 수 있다.

또한 이 경고에 따라서 우리의 행로를 다시 잡을 때 우리의 완전한 존재를 다시 회복했다는 조화감을 느낄 것이요, 이 조화감만이 진정한 행복을 우리에게 전해 줄 것이다.

2

인간은 왜 절망하는가

인생은 위대한 좌절이다

인생은 위대한 좌절이다. 청운의 뜻은 좀처럼 이루어지지 않는다.
설사 자신의 꿈이 실현되었다고 하더라도 의기양양할 것은 못 된다.
성공에는 가지가지의 새로운 불안과 커다란 공포가 따르는 법이다.
용감한 희망과 찬란한 꿈이 피어나지만 불안의 무거운 짐이
더욱 커지면서 인생은 내리막이 된다.

인간은 미래를 예견하는 창조적 동물이다. 그러나 인간의 예견에는 언제나 그것을 가리우는 그림자가 있다. 어떤 사람은 그 그림자를 분명히 의식한다. 또 다른 어떤 사람에게는 계절의 변화나 그 변화의 자취를 보고 세월에 흘러가는 것을 느낄 때, 이 그림자는 불안 속에 몽롱하게 떠오른다.

어떤 위안을 구하건, 어떤 정신적 원천을 갈망하건, 어떤 도락에 소일하건 이 그림자를 완전히 몰아낼 수는 없다. 이 그림자란, 즉 청춘이 사정없이 흘러가서 결국은 노쇠 끝에 죽고 만다는 느낌이다.

이러한 생각이 우리의 마음을 사정없이 사로잡을 때 인생의 행로는 언제나 내리막이어서 아침 해가 깊은 골짜기로 떨어지는 것은 같은 느낌이다.

시인 워어즈워드Wordsworth: 1770~1850. 영국 시인의 말을 빈다면, 우리는 '날마다 동녘에서 먼 곳을 향하여' 여행한다.

또 대다수의 사람들에게 있어서 이 골짜기는 본래부터 두려움과 동시에 빈곤과 의존의 그림자가 짙게 서리어 있다. 물론 이 골짜기의 이러한 공포는 오늘날 어느 사회인이라면 극복할 수 있는 공포에 지나지 않는다.

그러나 이 골짜기에는 쇠약과 고독과 질병, 늙음과 무력함이 기다리고 있고 끝내는 죽음의 침잠이 웅크리고 있다.

많은 시인과 철학자와 범부의 마음을 사로잡는 하나의 아이러니가 있다. 즉 인간이 사랑으로 여기는 온갖 차 별도 인생의 종말 앞에는 평등하다는 사상이다.

부귀영화를 누리는 남녀라 할지라도 굴뚝 청소부와
마찬가지로 죽으면 티끌로 화해야 하느니라.

또 우리들이 잘 알고 있듯이 햄릿은 익살꾼 요릭크의 해골바가지를 들고 호레이쇼에게 말한다.

"자, 내 사랑하는 사람의 방으로 가서 그 여자 보고 말해

다오. 제 아무리 짙은 화장을 했다고 해도 당신은 이 용모와 대동소이하다고……"

인생은 위대한 좌절이다. 청운의 뜻은 좀처럼 이루어지지 않는다. 설사 자신의 꿈이 실현되었다고 하더라도 의기양양할 것은 못 된다. 성공에는 가지가지의 새로운 불안과 커다란 공포가 따르는 법이다. 용감한 희망과 찬란한 꿈이 피어나지만 불안의 무거운 짐이 더욱 커지면서 인생은 내리막이 된다.

성경 말씀과 같이,

"헛되고 또 헛되도다. 만사가 헛되도다."

물론 인생에는 실패가 따른다. 그러나 이 말은 정확한 것이 못 된다. 인생의 허영의 태반은 생활 상태에서 비롯된 것이 아니고, 우리 지혜의 부족에서 오는 결과이다.

우리가 사소한 일로 번민할 때, 대수롭지도 않은 일을 가지고 공연히 화를 낼 때, 이웃 사람보다 나아지려고 안간힘을 쓸 때, 자기보다 못한 사람을 도와줄 때, 돈을 제대로 쓸 줄도 모르면서 재물을 탐내어 서로 싸울 때, 권력의 사용 방도도 모르면서 권력에 욕심을 부릴 때, 골몰하게 수단만 쌓고 아무런 목적도 이루지 못하면서 밤낮으로 동분서주할 때 그들은 생활의 비애에 새로운 고통의 박차를 더할 뿐이다.

시간은 부족하고 하나도 성취하는 것이 없다. 공연히 허망한 노력만 하고, 타인의 기회를 서로 해치고, 쓸데없이 싸움만 하고 심령과 정신을 낭비할 뿐이다. 이와 같이 인생의 도처에는 좌절만이 있을 따름이다.

사람들은 승리를 향해서가 아니고 승리를 위한 헛된 수단만을 위해서 동분서주한다. 또 동분서주하는 사이에 목표의 관념은 점점 사라지고 만다. 그리하여 승리한다는 것은 다만 상실한다는 것에 지나지 않는다.

의기양양하지만 이루어 놓은 것이 하나도 없다. 탐구의 노력은 크건만 보상은 보잘 것 없다. 우리가 많은 노력을 기울이는 것은 도대체 무엇 때문인가?

청운의 뜻을 품고 온갖 노력을 하지만 끝내는 젊음도 내리막 길을 걷지 않을 수 없다. 찬란한 젊음의 불길이 서서히 스러진다. 즐거운 노랫소리마저 깊은 골짜기 속으로 서서히 사라진다.

인간은 여러 가지 추구를 하고, 그릇된 투쟁을 일삼고, 놀라운 권력의 기술을 교묘하게 연구하고, 그 결과 자기의 야심만 커지므로 더욱 큰 야심을 미친듯이 추구하지만, 결국 스스로 큰 실패를 준비하는 셈이다. 이것이 모두 허망한 기대와 그릇된 계산에서 생기는 삶의 오산이다.

여러 가지 물건과 소유와 지위와 권력은 우리가 원하는 만족을 자신에게 줄 것이라고 생각한다. 그러나 이런 것들을 얻고 보면 욕심만 더욱 커질 따름이다.

남이 나보다 월등하다거나, 또 내가 가지지 못한 여러 가지 재능을 다른 사람이 가지고 있거나, 응당 내가 받으리라고 생각한 인식을 다른 사람이 받을 때 우리는 분노하고 질투한다.

적으면 언제나 많은 것을 원하게 되고, 많다는 것은 언제나 상대적으로 적다는 뜻이다. 우리가 경쟁하는 것, 남보다 나아지려고 노력하는 것은 나쁜 것이 아니다. 우리의 억센 정력을 기울일 방향을 제시해 주는 목표를 잃어버리는 것이 결점이다.

우리는 자기 자신의 정원을 가꾸고 그 기쁨을 우리 마음속에서 발견해야 한다. 우리에게는 항상 여러 가지의 좌절이 뒤따를 것이다.

그러나 우리가 찾는 만족은 진실한 것이다. 왜냐 하면 우리는 자기 자신을 발견할 것이며, 또 이러한 노력은 보람이 있다는 의식이 우리를 지탱하기 때문이다.

늘 우리는 허망한 기대를 우리 자신에 대해서 가질 뿐만 아니라 타인에 대해서도 마찬가지다. 또 우리는 타인이 자신과 같은 전철을 밟기를 원한다.

그리고 만일 우리가 타인을 능가하는 힘을 가지고 있다면 타인이 우리와 같은 신앙을 가지고, 우리와 같이 행동하고, 우리와 통일한 관심을 가지게끔 만든다.

이렇듯 우리의 자만과 이해 부족의 결과는 타인과 우리 자신의 실패에 한층 더 박차를 가할 따름이다.

한 아버지와 아들이 있었는데, 아들은 자식으로서의 장점도 지니고 있었지만, 그의 아버지보다 지혜가 훨씬 모자랐다. 아들은 아버지의 여러 가지 기대에 부응할 수 없었으므로 더욱 침울해지고 기가 죽었다.

아버지는 그런 아들의 기색을 알아차리고는 신중한 태도로 일터에 나가서 적당한 기회를 보아가며 아들에게 다음과 같은 것을 가르쳤다.

산다는 것은 현실의 자기를 가장 잘 이용하는 것이며, 노력의 가치는 우리에게 부여된 것에 있는 것이 아니라, 우리가 가지고 있는 능력을 잘 사용하는 견인불발堅忍不拔의 정신에 있다는 것이다.

나는 그런 것을 아들에게 가르친 그 아버지의 지혜에 감동을 받은 기억이 있다. 그 아버지는 자신의 천부적인 재능이 출중한 것을 뽐낸다는 것이 허망한 일이라는 것, 그것은 다만 정도의 문제에 불과하다는 것, 운동선수는 4분의 1마일을 달리는 것을 가장 큰 영광으로 생각한다는 것을 가르친 것이다.

또한 우리가 노력하는 것은 박수갈채나 상을 타기 위해서가 아니라 자신의 성실을 다하기 위해서 한다는 것이다.

나는 이 계획의 현명한 방법보다도 그의 큰 뜻을 전할 따름이다.

아들이 실현할 능력도 없고, 추구할 생각도 없는 사업을 기어이 성공시켜 보려는 욕심에서 억지로 자식을 몰아세우는 부모의 방식에 비한다면 이 아버지의 태도는 가장 올바른 가정교육이라 하겠다.

이를테면 우리는 육신이 감당해야 하는 여러 가지 고통을 만드는 셈이다. 우리의 현대문명 내부에는 이상한 대조가 하나 있다. 현대문명은 과거 오랜 세월을 지내오는 동안 인류를 괴롭힌 수 많은 위험과 결핍과 인습에서 지향된 해방을 가져온 것은 사실이다.

또 많은 질병이 정복되었다. 여러 가지 새로운 기회의 문이 우리 앞에 열리었다. 선진국가에서는 노인들의 복지를 위한 환경이 개선되고 끊임없는 노력을 기울인바, 인간의 수명은 상당히 연장되었다. 이런 의미에서 진보는 승리의 연가를 올린 것이다.

인생은 실패와 좌절의 연속이다

그런 면과 아울러 또다른 면을 살펴보기로 하자. 이러한 장족의 진보로 하여 과연 우리의 실패감은 제거되었으며, 또 만족하고 있는가.

그러나 그렇다고 대답하기에는 모두들 주저함을 느낀다. 그러함은 우리가 철없는 어린애들처럼 투정만 부리기 때문에 그런 것만도 아니다. 그것은 주로 실패가 인생의 일상사이기 때문이다.

우리의 문명 상태가 대단히 앙양되었기 때문에 우리는 우리의 정서와 신경을 소모시키는 새로운 혼란과 새로운 고민과 새로운 불안을 가지기 쉽다.

이 점에 관해서 우리의 문명 전체는 대도시의 교통 상태와 비유해 볼 수 있다. 우리는 좋은 길과 빠른 차를 가지고 있다. 그러나 우리는 서서히 차를 운행하지 않으면 안 된다. 도로엔 항상 수 많은 차들의 행렬이 있기 때문이다.

만일 앞서 달리던 차가 고장 나면 그 뒤를 따르는 차들이 장사진을 이루게 되어 많은 시간을 낭비하게 된다. 그래서 제한된 시간에 목적지에 도달하려면 교통법규를 어기게 되고 사소한 시비로 언쟁을 한다.

우리는 고도로 조직된 사회에서 살거니와 이 조직이 우리에게 온갖 종류의 압력을 가져다준다. 그래서 여러 가지 복잡한 사정이 질서를 어지럽혀 우리의 목적을 방해하는 것이다.

인생은 실패와 좌절의 연속이다. 그 중요한 원인은 자연이나 운명에 있는 것이 아니라 우리 자신의 잘못된 지도에 모든 책임이 있는 것이다.

우리는 거대한 조직체를 만들고 이 조직체 속에 스스로를 얽어놓고 분규와 혼란에 빠져 있다. 또 우리는 여러 가지로 힘의 비결을 발견하고는 믿을 수 없을 만큼 거대한 자연의 에너지를 지배하려고 한다. 그런데 때에 따라서는 우리 자신이 그 힘의 노예가 되거나 혹은 희생물이 된다.

인간의 발명에 대한 재능은 앞서 있지만, 그것을 사용하는 지혜에 있어서는 매우 뒤떨어져 있다.

대개 우리가 타인을 좌절시키려고 할 때 자기 자신이 먼저 좌절당하게 된다. 또 우리는 저마다의 차이점을 너무 중요시하고 우리가 공통으로 가지고 있는 점을 너무 경시한다. 우리가 여러 가지로 악전고투하고, 서로 떠밀고, 서로 질투하고, 서로 시기하지만, 우리는 모두 한결같이 동일한 것을 요구한다.

우리는 모두 타인으로부터 애정과 존경을 받고자 원한다. 또 우리는 따뜻한 보금자리를 원한다. 자신의 건설적 능력을 자유로이 발휘하기를 원한다.

우리는 안정이 필요하고 미래에 대한 희망이 필요하다. 우리는 어떤 의미에 있어서 타인에게 이해될 필요가 있다.

그러나 우리는 남을 이해하려고 하지 않는다. 우리는 타인의 감정이나 요구를 무시하는 경우가 많다. 타인의 감정이나 요구가 우리의 감정과 요구와 동일한 경우도 있을 것이며, 그렇지 않은 경우도 있을 것이다. 간혹 우리가 하지 않은 행동의 결과가 자신에게 돌아오는 수가 있다. 그러므로 오해의 세계가 넓어진다.

우리는 아주 사소한 보상에 대해서 고가의 부담을 치른다. 이것은 매우 유감스러운 일이다. 그뿐만 아니라 우리 자신의 상상적인 공포로 하여 실패감은 더욱 커진다.

젊음이 물같이 흘러간다는 것을 알게 될 때 우울한 감정이 더욱 우리를 외롭게 만든다. 인생의 종말인 암흑을 향해 시간이 째깍째깍 금속성 소리롤 내면서 우리의 생명을 사정없이 단축시키고 있다는 생각을 하면 어찌 슬픔이 없겠는가.

그러나 인생의 길이 햇빛이 찬란한 청춘에서부터 노년의 깊은 그늘진 골짜기로 가는 것이 필연적인 생의 행로라고 생각한다면 이것은 분명히 잘못이다. 그럼에도 불구하고 청춘의 빛이나 노쇠의 그늘이 자신의 내부로 찾아오는 그 암울한 그림자를 보게 될 때 이와 같은 생각이 일어나게 되는 것은 당연하다.

어떤 만찬회 자리에서 내 옆에 앉아 있던 미지의 부인에 대한 기억을 해 본다. 처음 이 부인은 매우 유쾌한 기분으로 한담을 나누고 있었다. 얼마 후에 내가 그 부인을 향했을 해, 그녀는 어떤 우울한 생각에 빠져 있는 듯 싶었다.

그 까닭을 물었더니,

"오늘이 바로 제 생일이에요. 설흔 여섯 살이란 나이는 다시 오지 않을 거예요. 이것이 나를 무척 슬프게 만들어요."

하고 그 부인은 아무렇게나 대답하였다.

"그건 당신 스스로가 자신이 늙어가고 있다고 생각하기 때문입니다."

이런 내 대답이 그 부인에 대해서 적절하지 않았는지도 모른다. 그러나 빗나간 말은 아니다. 우리가 늙었다느니, 아직 젊었다느니 하는 기준은 시간과 달력에 의한 판단이지 우리 자신의 감정을 표준으로 한 말은 아니다.

여자는 30세가 되면 늙고, 남자는 40세가 되면 그만이라고 생각하던 사회, 평균 수명이 현대 서구사회의 평균 수명에 비해서 그 반밖에 안 되는 후진국 사회에서나 통하는 전통에 지나지 않는다. 이런 낙후된 사회에서의 인생이란 어두운 골짜기이며, 내리막 길이라는 비유가 그대로 통했던 것이다.

이러한 사회에는 불치의 질환이 도처에 가득 차 있기 때문에 병신이 되거나 죽음을 기다리는 절망밖에 별 도리가 없었다. 예방과 대책이 전혀 없는 국민들이므로 전염병이 만연했다. 넉넉지 못한 영양과 빈곤으로 해서 인간의 생명이 단축되었던 것이다.

아직도 남자 40 고개를 넘으면 그만이라는 낡은 전통이 그대로 남아 있는 실정이다. 이러한 고정 관념이란 소수의 근육 활동에만 통용되는 이야기라는 것을 알 수 있다. 권투 선수는 30이 넘으면 몰락의 길을 밟게 된다. 아마 축구 선수는 몇 해 더 활동할 수 있을 것이다.

그러나 이러한 근육적 용기는 인간 활동의 세계에 아주 적은 역할 밖에 감당하지 못한다. 더구나 생활의 일정한 관심을 처리하는 데 별다른 영향을 주지 못한다.

이렇듯 인간의 중요한 관심과 노력의 세계에서는 판단과 지식과 경험이 지배하는 것이며, 정신적·지적·사회적 생활이 추구된다. 이런 세계에 있어 인생은 내리막 길이라는 비유가 통용되지 못하는 것이다. 성년의 기간이 길기 때문에 인생의 길은 위대한 사업을 향하는 향상의 길이 된다. 생의 가치 감정이 감소되지 않고 오히려 향상된다.

그러나 인생의 삶에는 실패가 많다. 가지가지의 불필요한 오해로 인해서 실패는 더욱 커진다. 만일 우리의 힘으로 제거할 수 있는 것들을 모두 제거해 버리고 사물을 제작하는 기술에 노력하는 만큼 삶에 노력을 기울인다면 위대한 생의 모험에는 새로운 열정과 용기가 솟아날 것이다.

물론 삶의 길에는 실망과 손실과 후회가 뒤따른다. 우리는 당연하지도 않은 것을 미리 염려하고 걱정하고 한숨을 쉬기도 한다.

또 우리의 인생에는 어쩔 수 없는 종말이 있다. 인생을 진실로 살아가려는 사람에게는 그 종말은 너무도 빨리 다가오는 것이다.

인간은 동물이다, 그러나 인간이다

　우리는 때때로 사색적 기분을 북돋기 위해서 한가한 시간을 가질 필요가 있다. 우리에게는 노변의 고독이 필요하고 친한 친구들과 속을 터놓고 이야기하며, 교제하는 시간이 필요하다. 그러므로 우리는 고독 속에서 수 많은 압력으로부터 해방되고 방해와 그 이면의 동기에서 벗어나 현재의 나 그대로를 생각할 수 있다.

　인간은 사회적 동물이다. 그러나 또한 남과 떨어져서 고독하게 지내는 시간도 필요하다.

　또 죄인의 절박한 유폐 생활이나 세상을 숨어서 사는 은자隱者의 두문불출한 생활이든 간에 고독한 시간이 너무 길면 우리의 정신은 비인간화하여 자기 상실에 빠진다.

　우리에게는 무엇보다도 조용한 사색의 시간이 필요하다. 자유로운 묵상과 고요한 명상의 시간, 자기반성의 시간이 필요한 것이다.

온갖 감시의 눈에서 피할 수 있는 완전한 고독의 시간과 자기를 회복시킬 수 있는 시간이 필요하다.

우리가 삶을 영위하는 데는 대략 두 종류의 사생활이 있다. 그중 하나는 주위로부터 멀리 떨어져 있는 것이다. 아무도 간섭하지 않는 사회 속에서 자기 자신과 하나가 될 수 있는 세계를 말한다.

다른 또 하나의 생활은 친밀한 교제를 바탕으로 두고 있다. 가까운 이웃과의 관계, 신념, 친구들끼리의 교제, 사상의 자유로운 교환, 애정의 길, 이런 것들이 아무런 방해나 지배를 받지 않는 생활을 말한다. 생활을 즐기기 위해서 또 인간의 여러 가지 소질을 발휘하기 위해서 이 두 가지의 사생활은 다 같이 필요하다.

생활이 복잡하지 않던 시대에는 고독이 생활의 방편이 될 수 있었다. 대다수의 사람들은 저마다 혼자서 자기의 일을 해나갔다. 작업장이나 노동자들이 여럿이 모이는 큰 건물 같은 곳에서 일하지 않아도 되었다.

농부는 혼자 자연과 더불어 있는 때가 많았다. 구두장이는 홀로 자기 의자에 앉아서 조용히 일하였다. 노를 잡고 있는 뱃사공이나 마스트 꼭대기에 올라가서 일하는 수부는 마음대로 혼자서 명상할 수가 있었다. 그럴 생각만 있다면 언제든지 그들은 자기 자신의 사색에 잠길 수 있었다.

서로 친밀하게 지낼 기회도 부족하지 않았다. 집은 작고 누추했지만 많은 가족들과 친척들의 만남이 잦았다. 그러나 밤은 길고 촛불은 희미하게 방안을 밝혔다. 밖은 늘 어두웠고 주위는 어둠의 천지였다.

이웃 사람들은 난롯가에 둘러앉아 밤을 새우며 이야기꽃을 피웠고 애인들은 숲속이나 적막한 벌판으로 몰래 밀회를 즐기기 위해 빠져나갈 수도 있었다.

내가 어린 시절을 보낸 저 먼 헤브리드 섬에서는 마을 사람들이 해안이나 황야에 흩어져 살았으므로 생활을 즐기려면 각자가 서로 의존하지 않을 수 없었다.

그들은 '케일리Ceilidh'라는 독특한 마을 규약을 가지고 있었다. 해 질 무렵이 되면 가까운 이웃 사람들끼리 어느 초막집에 모여서 낮은 의자에 걸터앉거나 토탄불 주위에 모여 앉았다. 이 토탄불은 흙으로 빚어 만든 마루 한가운데 있었는데 노란 불꽃은 희미한 불빛으로 방안을 밝히고 있었다.

이들이 나누는 화제는 극히 일상적인 생활에 관한 것이었으나 때로는 격렬한 의식의 토론으로 변하기도 했다.

옛사람들의 행실이라든가, 바다의 신비한 생활, 천리안의 형상에 관해서, 호수나 황야에 방황하는 유령의 이야기 같은 것이 화제에 올랐다.

그 화제가 무엇이건 간에 거기에 모인 사람들의 마음을 사로잡았다. 그들의 상상력을 자극시키거나 그 놀라운 힘과 유감과 공포의 관념을 그들의 심상에 불러일으켰다.

그래서 그들의 사상은 일상생활의 울타리를 넘어서 달리는 것이었다. 밖에서는 파도 소리가 들려 오고, 조용한 빗방울 소리도 들려 왔다. 방 안에서는 다정하게 주고받는 이야기가 전개되어 사교의 기쁨과 자유로운 담소의 기쁨이 혼연일체가 되었다.

한 가족이 영위하는 자작영농은 관찰자나 심문자의 침입을 받는 일은 거의 없었다. 관헌의 침입을 받아서는 안 된다는 점을 강조하게 되었다.

그러나 마을이 도시가 되고, 그 도시가 팽창하였을 때 사생활의 세계도 안전할 수가 없었다. 사람들은 감시의 눈을 피하기가 점점 어렵게 되었다.

우리들 주위에는 언제나 까다롭게 남을 비평하기 좋아하는 사람이 있는 법이요, 또 국가에 대한 봉사를 귀찮게 여기는 사람이 있기 마련이다.

또 자기 이웃 사람들이 무엇을 하고 있는지 필요 이상으로의 관심을 갖고 있는가 하면 광적인 신앙은 이웃 사람에게까지 막대한 피해를 주는 일이 다반사다.

사람들, 특히 진취성이 강한 청년들이 대도시로 떠나가는 한 가지 큰 이유는 분명 이런 데에 있는 것이다. 대도시에 가면 누가 누군지 알 수 없기 때문이다. 서로 이웃으로 지낸다는 것은 장점도 있고 단점도 있게 마련이지만, 대도시에서의 생활은 다음과 같은 점이 무시되는데 더 큰 매력이 있다. 부유하건 가난하건 대도시에서는 제멋대로 살 수 있기 때문이다.

고독에 대한 새로운 위협

고독에 대한 새로운 위협이 여러 방면에서 생기게 된 것이 현대다. 생활 경쟁은 날이 갈수록 치열하고, 이익을 위한 부단한 경쟁을 해야 하므로 고독하게 지낼 수 있는 기회가 적어졌고, 또 고독한 시간을 지낼 의욕조차 둔해졌다.

인간은 고독한 시간에 비로소 자신과 친해지고, 새로운

전망을 얻을 수 있다. 대다수의 사람들에게 있어서 생활은 삶의 표면적인 수단일 뿐 아무런 가치를 느끼지 못한다. 심지어 시간을 즐기기 위한 오락에 있어서도 경쟁적이며, 안정감을 잃는다.

오늘날의 첨단과학과 여러 가지 발명은 이러한 변화에 심각한 영향을 끼치게 되었다. 응용과학은 수많은 업적을 남겨 놓았거니와 유전공학은 이제 그 끝을 상상할 수 없을 정도로 인간을 미래화시켰다.

그 중에서도 통신 기관은 지구를 하나의 촌락으로까지 밀착시켜 우리 가정 속으로 세계를 끌어들였다.

물론 이와 같은 물질문명의 발달은 우리 인류에게 큰 공헌을 하였지만, 이것으로 인해서 우리의 가정이 전보다 상처를 입게 된 것도 사실이다. 누구를 막론하고 국가의 한 일원으로서 등록을 해야 되고 그 기록은 관공서의 조사원이 언제든지 이용할 수 있게 제도적으로 되어 있다.

또한 정부 기관에서는 명령이나 결정문, 고지서와 같은 것들을 최첨단 통신 기관을 이용하여 시골 벽지에까지 정확하게 보낼 수 있게 되었다. 이렇듯 현대의 폭군은 사람들의 생활을 지배하는 방법을 가지고 있는 셈이다. 옛날에는 꿈도 꾸지 못했던 일들이다.

무책임한 당국에 봉사하고 있는 이 무서운 감시력과 지배력은 현대의 모든 독재주의에서 볼 수 있다. 그러므로 인간의 고독은 사실상 완전히 없어지고 말았다. 불평 불만을 토로하는 사람의 말을 당국에 알리기 위해서 심지어 자기 집 안 어디에 도청하는 귀가 붙어 있는지 아무도 알 수 없다.

누구든지 어떤 곳에서나 당국과 관계가 있는 서류를 가지고 있다. 그 누구도 감히 자기 힘으로 생각하려고 하지 않는다. 그것은 어떤 의사 표시나 부주의한 표현으로 하여 남과 다른 정신을 가졌다는 것이 나타날까 두려워서다. 사람들은 마치 일체를 감시당하는 가운데서 살고 있는 거나 다름이 없다. 일체를 감시한다는 것은 종교나 신에게 속하는 일이다.

우리 민주주의 사회에서는 이와 같은 국한된 상황은 없지만, 그러나 고독의 권리는 많이 상실되었다.

온갖 종류의 사람들은 남의 개인 생활을 침범하는 것을 예사로 생각한다. 어떤 사람이 어떤 일에 성공을 한다던가 비범한 일을 하면, 좋건 나쁘건 어쨌든 그 사람은 여러 매스컴 종사자들과의 면담, 사진 기자와 전기傳記 작가들, 또 알지도 못하는 인사들에게 편지나 쓰면서 세월을 보내는 그런 이상한 취미를 가진 사람들 때문에 귀찮아서 못 견딜 지경이다.

남의 가십만을 골라서 쓰는 기자들은 그 사람의 개인 생활을 낱낱이 보도하려고 든다. 또한 그는 텔레비전의 스크린에 이용된다. 자세한 조사를 끝마친 다음 그의 프로필은 예외 없이 대중에게 전해진다. 발행 부수가 많이 나가는 잡지들은 그 인물을 요약적으로 소개한다.

"머리가 벗겨지고 몸이 비대한 P씨"
"눈썹이 짙고 입술이 엷은 Y씨"

이런 식으로 잡지사는 그를 소개한다.

또 갑이라는 음식을 좋아하는지, 또는 을이라는 음식을 좋아하는지, 또 갑이나 을을 좋아한다면 그 이유가 무엇인지를 알려고 방문을 하기도 하고 또 어떤 신문을 읽으며, 그 신문 기사 중에서 어떤 면을 즐겨 읽는가를 물어보는 리포터들까지 있다.

또는 가정 생활의 발전을 위해서 좀 더 접근해 가지고 당신의 결혼생활이 '행복한지' 또는 '대단히 행복한지' 그렇지 않으면 '불행한지', '아주 불행한지' 이런 등등의 질문을 예고 없이 던진다.

만일 그런 질문을 하지 않는다면 주위 사람들에게 당신에 대한 탐문을 한다. 또 어느 당에 투표를 할 생각이냐, 또는 텔레비전 프로그램 중에서 어떤 순서를 즐겨 보느냐는 등등 이런 것들을 알려고 전화로 문의하는 여론 조사원들까지 있다.

이런 조사원들의 눈으로 보면 당신은 한 인간으로 보이지 않는다. 통계를 내는데 따른 하나의 자료에 지나지 않는다. 또한 당신은 한 견본의 어느 항목에 지나지 않는다. 이러한 견본으로 그들은 당신을 특별한 인구의 한 수치로 계산한다.

그리하여 당신의 이름에다가 번호를 매기고 당신 이름 위에 표를 하고 나면 그들의 할 일은 모두 끝나는 것이다. 이렇게 되면 당신은 어느새 카드로 작성되어 있어 당신의 고유번호만 찾아보면 대체로 어떤 행동과 직업을 갖고 있는 인물인가를 쉽게 알 수 있는 것이다. 이렇듯 당신을 어떤 번호가 붙은 항목에 넣기 위해서 그들은 당신의 사생활을 침범하는 것이다.

오늘날까지 이런 과정으로 해왔기 때문에 대다수의 사람들은 고독의 관념을 완전히 상실하였다. 그들은 고독의 필요를 알지 못한다. 그들에게는 내적 생활이 없다.

그들은 술집이나 여행 중에서 우연히 알게 된 사람들한 테도 자기의 신변에 대한 사건을 다 털어놓는다. 그들은 텔레비전 퀴즈 문답에 출연하기를 즐기며, 처음 만나는 대면인데도 불구하고 김 아무개, 이 아무개 하고 자기를 부르는 텔레비전의 수다스러운 사회자한테까지 자신의 신변 이야기를 늘어놓는다.

사생활에 대한 새로운 위협의 증가

요즈음에는 더욱 사생활에 대한 새로운 위협이 증가하고 있다. 테러분자나 공산주의자를 수색하는 국가안보 담당자들은 많은 정보원들을 활용하고 있는데, 그중에는 몰염치한 자도 있고 정신이상자와 같은 과격한 요원들도 있다. 정보원들은 과거에 공산주의에 동조하였다든가, 또는 반체재적인 정신을 가졌다든가, 온화한 급진주의자였다든가, 장차 그럴 가능성이 있는 사람들에게 요주의를 한다.

관원 모욕죄로 소환이라도 할 위협을 보이면서 대한다.

그것은 그들 자신의 정치적 경력을 발표하기 위해서 뿐만 아니라 그들과 같이 어떤 조직의 일원으로서의 동지적인 결합은 자칫 잘못하면 생의 패망을 가져오기도 한다.

대다수의 조직체는 야심만만한 관료적인 조직체, 개인적 조직체, 자유로운 기업가에 의해서 경영되거니와 이러한 조직체는 새로운 수색에 광분할 정도로 정보 수집에 열을 올린다. 그들은 이곳저곳에 불안한 공기를 자아낸다.

대다수의 인사들은 특히, 정치나 경제 문제에 관해서 자신의 독립적 판단을 말하기 두려워한다. 그것은 자신이 파괴분자라고 남들로부터 지목될까 두려워서다.

이러한 사태는 정부의 행정면에서 최악의 실례를 드러내기도 한다. 논쟁의 자유로운 교환은 현명한 정책수렴의 준비인 만큼 중요한 일이다. 자유로운 논쟁의 교환 대신에 무능하고 무거운 침묵이 있을 따름이다.

민주주의의 본질적 과정과 민주주의가 제창하는 기본적 자유에 끼치는 해악을 여기서 문제로 삼으려고 하는 것은 아니다. 다방면에서 고독에 대한 침해가 가중해졌다는 점만을 우리는 지적하려고 하는 것이다.

지식인들 간의 자유로운 화제를 조용히 주고받는 일은 여러 분야에서 찾아볼 수 없다. 전신으로 재촉한다든가,

전파로 경고를 한다든가, 이런 교활한 방법은 일종의 협박이며, 한 걸음 더 나아가 도청은 안심하고 사적으로 서로 이야기할 수 없게끔 만든다.

고독의 특권을 다시 주장하고 변호할 필요가 있다. 우리는 사회의 많은 압력으로부터 해방되어 황야 속으로가 아니고 자기 자신의 세계로 돌아가는 시간이 필요하다.

여가는 우리가 무엇을 받아들이기 위한 여가다. 그러나 우리는 심심풀이의 놀이로 여가를 보낸다.

우리 인간들은 고독하게 지내기를 매우 두려워하는 것 같다. 또 밤낮 라디오나 텔레비전이 있어서 우리를 자기 자신으로부터 멀리하게 한다.

사색의 시간에서 기쁨을 느끼지 못한다

우리는 내일을 위한 여러 가지 계획을 하지만, 오늘을 위한 반성은 좀처럼 하지 않는다. 이러한 비평은 철학자나 현인을 안중에 두고 하는 소리가 아니다.

우리가 말하는 고독의 필요는 지식의 보고에 아무런 공헌도 하지 못하는 보통 사람들을 두고 하는 말이다. 우리는 모두 우리 자신의 눈으로 보고 우리와 함께 살아가고 있는 이 세계에 대해서 우리 자신이 먼저 반응해야 한다. 각자 자기 자신의 자율을 발견해야 한다. 그럼으로써 자기 힘으로 경험을 거둘 필요가 있다. 만일 우리가 그것을 우리 자신 속에서 재검토하기만 한다면, 우리는 타인의 사색에 의해 얻는 바가 있을 것이다.

고독은 자기 자신으로 돌아가는 것을 말한다. 고독 속에서 우리는 진실된 자기 자신으로 돌아갈 수 있는 전망을 다시 얻게 되는 순간을 가질 수 있다.

그러므로 우리는 고독 속에서 수많은 압력으로부터 해방되고, 방해와 그 이면의 동기에서 해방되어 현재의 나 그대로를 생각할 수 있다.

고독의 습관이 없다면 우리는 자기 존재의 감각과 성실의 관념을 잃어버린다. 고독이 없으면 우리는 늘 간접적으로 보고 듣고 행동하게 된다.

그리하여 군중적 인간이 되고, 시장 한복판의 떠돌이 경쟁자가 되고, 타인의 가치에 대한 불평자가 될 뿐이다. 인간이 조직적으로 되면 될수록 사회는 우리를 폐쇄하고 고독을 즐길 수 없게 만든다.

우리는 때때로 사색적 기분을 북돋우기 위해서 한가

한 시간을 가질 필요가 있다. 우리에게는 노변路邊의 고독이 필요하고 친한 친구들과 속을 터놓고 이야기하며, 교제하는 시간이 필요하다.

쑥덕거리면서 남의 이야기나 하는 것이 아니라 사물의 본질에 관해서 자유로운 의견을 말하는 다정한 대화를 자유로이 주고받을 시간이 필요하다.

우리를 얽매는 조직의 테두리 속에서 우리의 마음과 행동이 예속되지 않도록 해야 한다. 그래야만 우리는 자기 본래의 자율을 충분히 발견하고 인생을 올바르게 살아갈 수 있는 것이다.

인간의 대지에 핀 허망의 꽃

오늘날 대다수의 사람들이 한가한 시간을 갖게 됨으로써 대지로부터 멀어지게 되는 것은 물론 자기 자신에게서도 멀어져 감은 사실이다. 우리가 삶을 영위하고 있는 세계의 넓은 지평선에서 수많은 소리가 들려 오며 서로 이해하자고, 즐기자고 우리를 부르건만, 우리의 귀는 그런 소리를 들을 준비가 되어 있지 않다.

"얼굴에 땀을 흘려야만 너의 빵을 먹을 수 있다."

오늘날 많은 사람들이 이 기본적 계명에서 해방되었다.

우리는 갈수록 여가와 한가한 시간을 많이 가지게 된다. 유치원, 학교, 병원, 식당 등이 그들을 돕게 되었다. 많은 사람들은 인간의 기본적인 욕구와 만족을 위하는 데만 정신을 소모시키던 일에서 해방되어 자유롭게 다른 일에 종사할 수 있게 되었다.

"계획하던 일을 다 이루고 한밤의 안식을 얻었다."고 노래한 롱펠로우Longfellow의 〈대장장이〉라는 시에서 보는 거와 같이 그렇게 세상 일은 단순하지가 않다. 과연 우리는 무엇으로부터 해방된 것인가?

필요의 요구가 없어지고 하고 싶은 것은 무엇이나 할 수 있는 많은 시간을 가지게 될 때 과연 우리는 무엇을 하고 싶어 하는가?

필요가 인간을 무섭게 억압할 때 여가의 즐거움을 갈망하게 된다. 많은 사람들이 충분한 여가를 갖고 싶어 한다. 그렇다면 인간이 발견하는 기쁨은 무엇인가?

일을 여유롭게 한 날은 또다른 즐거움이 있다. 현대를 살아가는 대다수의 사람들은 자기 자신을 위해서가 아니고, 남을 위해서 일한다. 자기 소유의 조그만 땅덩이를 가지고 그것을 경작하는데 전심전력하던 옛사람들의 일하는 방식과는 다르다.

대다수의 사람들에게 있어서 일은 하나의 일상적 사무가 되었다. 그 일이란 그리 귀찮은 것도 아니고, 보수가 많은 것도 아니며, 또한 자신의 온 힘을 다 기울여서 하는 것도 아니다. 일과의 끝을 알리는 벨이 울리면 우리는 약속이나 한 듯 일손을 놓는다. 일상적인 사무에 불과할 따름이다.

여가를 사용하려고 하는 사람에게 있어서 그것은 놀라운 해방이다.

거기에는 여러 가지 방식이 있다. 그러나 그렇지 않은 사람에게는 허탈과 허망이 뒤따르게 마련이다.

온화한 성격의 사람은 허무감을 모른다. 하루의 일이 끝나면 그들은 조용한 즐거움이나 자기에게 알맞는 취미 생활을 즐기게 된다. 그래서 우표를 수집한다든가, 게임에 몰두한다든가, 어떤 사회적인 사업에 참여하거나 교회 활동에 마음을 쏟는다.

한 걸음 더 나아가 생활에서 큰 자극을 구해야 할 필요가 있을 때에는 탈선행위를 넘어선 지경에까지 자신을 맡겨 본다. 또 어떤 사람은 일부러 음담패설로 쾌감을 느끼기도 한다. 그들은 일찍부터 그런 관습에 젖어 있어 다소의 만족을 느낀다.

그러나 그런 온화한 성격을 가진 사람의 수는 점점 적어져 가고 있다. 하지만 현대문명의 상태는 그와 같은 기분을 촉구시켜 주지 못한다.

예를 든다면, 옛날처럼 권위 있는 신에게서 오는 것, 또는 자연에 근거하는 것이라고 인정한다는 것은 현대에서는 흔한 일이 아니다.

종교는 대다수의 사람들에게 있어서 하나의 옛날 이야기와 같은 존재다. 말과 의식은 장엄하지만 의미는 대수롭지 않는 이야기뿐이다. 주일날이 되면 설교대에서 행사처럼 치러지는 도덕적 교훈이나, 또는 의식 정도로 생각한다. 인간은 어느 누구를 막론하고 운명적으로 결정된 자리를 가지고 있다는 이론에 대해서 별로 신뢰감을 갖지 않는다.

생존경쟁이 인간의 삶의 수단이며 법칙으로 존재하고 있는데, 그런 것이 어떻게 있을 수 있다는 말인가 하는 의문이 종교를 무시하려고 든다. 그래서 인간의 끊임 없는 행동과 변혁이 그칠 날이 없다.

여가가 새로 증가함에 따라서 새로운 자극이 생기게 마련이다. 불안에 대한 강도 높은 자극을 찾게 된다. 그러므로 새로운 여가는 그와 정반대되는 것 같은 불안을 초래하였다. 하지만 그 어떤 것들이라고 할지라도 만족시킬 수 없으므로 결국 우리는 깊은 허무감에 직면하게 된다.

그러나 이 허무감을 만족시킬 방법이 없으므로 대다수의 사람들은 자기 성격이나 취미에 따라서 또다른 도피 방법을 취한다. 그럴 필요를 별로 의식하지 못하는 사람은, 그와 같은 허무감을 내면에서 쉽게 해소시킬 수가 있다.

다만 그들은 목적이 없는 수단의 크고 새로운 세계에서 그들의 만족을 발견한다. 또 그럴 필요를 많이 의식하는 사람은 그것을 감추지 않는다. 그들은 다만 그런 생각 속에서 자기 자신을 잠시 잊을 뿐이다. 그들이 보통 취하는 길은 자극이다. 그리고 이 자극을 구하는 방법은 여러 가지가 있다.

먼저 활동적인 사람을 예로 들 수 있다. 유능하다 할만큼 행동적이며, 또 늘 배짱 있을 정도로 염치 없거나, 또는 이 두 가지를 겸했을 때 그들은 출세한다. 그들은 많은 물건을 축적하고, 돈을 모으고, 지위와 권력을 얻는데 많은 시간과 정열을 쏟는다.

그러나 어떤 목적이 있어서 그것을 구하는 것은 아니다. 그 모든 것을 가지고 무엇을 하겠다는 생각도 없다. 그들의 가치는 상대적이다. 그것은 아무런 가치도 없다는 의미다. 그들은 권력을 탐내거니와 그 목적은 더 많은 권력을 잡기 위하여 돈을 모으고 재산을 축적한다.

그들은 실제적인 인물들이다. 그들의 자신의 삶에 피리어드를 찍을 때까지 실제적인 것으로 일관한다. 만일 그들이 실제적인 태도를 버린다면 그들은 곧 깊은 허무감에 사로잡힐 것이다.

이를테면 착륙장치가 없기 때문에 비행을 계속하지 않으면 안 되는 비행기와 같다. 엔진은 더욱 속도를 가하나 그들은 날아갈 목적지가 없다. 그들은 앞으로 전진하지만 무의미할 뿐이다.

그들은 발전에 자랑을 느낀다. 그들은 항상 타인을 능가하는 우월감을 가지고 있다. 자기가 남보다 앞섰다는 거리감을 언제나 측정한다. 이 방법을 알면, 그것으로 무엇을 할 것인가를 판단할 수 있다.

그래서 그들은 항상 우월감을 느끼고 있다. 그리고 이 우월감이 그들을 밑에서 떠받든다. 그들은 수단의 세계에 안연한 태도로 머물러 있다. 그들에게는 승리가 문제다.

"그러나 결국 그것이 무슨 소득이 있다는 말인가. 왜 내가 그것을 모르겠는가. 그것은 위대한 승리였다."고 어린 피터핀은 말하였다.

승리를 위한 승리, 승취를 위한 수단, 그것이 성공이다. 그러므로 목적 없는 수단, 수단 없는 세계, 이와 같이 그 원은 영원히 빙빙 돈다.

배짱 있고 염치없는 인물은 더욱 심하다. 그들은 명민하고 천부의 재능이 더 많은 경우가 있다. 그들은 의의 있는 생활을 원한다. 성공을 바란다. 가치 있는 목적을

위해서 산다고 느끼기를 원한다. 그러나 그들의 추구에는
잘못된 점이 있다.

허무감에 사로잡히는 현대인

  그들은 또한 유아독존적인 의식을 가지고 있다. 그들의
추구에는 충분한 성실성이 없다. 그들에게 있어서는 추구
하는 사물의 필요보다도 성공의 필요가 더 크다.

  예를 들면, 만일 어떤 예술을 원한다면, 예술 그 자체
는 예술가의 명성에 비하면 아무것도 아니다. 그들은 대예
술가, 대작가, 오페라 가수, 명탐정들이 되고 싶어 한다.

  그들의 목표는 높다. 그러나 그 목표는 도달할 수 없을
만큼 높다. 마침내 뜻을 이루지 못하면 곧 실망한다. 그들의
불만은 자아로 돌아가서 깊은 허무 앞에 부딪히게 된다.

  그들은 도피하려고 하고 망각하려고 한다. 그러나 자기
자신으로부터 달아나려고 취하는 길은 다만, 감각을 자극
시키는 일 뿐이다.

  이러한 자극은 늘 되풀이될 필요가 있다. 잠시 동안 해방
되어 허망한 만족감을 느끼고, 망각의 시간을 가지지만 그

다음엔 더 쓸쓸해지고 허무감에 새로운 불안을 갖게 된다. 그렇게 되면 한가한 마음은 어디론가 사라져 즐거움은 온데간데 없고, 지난날 자신이 애지중지하던 사물을 잃게 되어 마침내 친구와의 조용한 환담조차 즐길 수 없게 된다. 또한 생의 자연적인 기쁨을 알 수 없고 사물의 여러 가지 신비조차 느낄 수조차 없다.

그와 비례하여 자극에서 공허감으로, 공허감에서 불안으로, 불안에서 다시 새로운 자극으로 변한다. 무슨 물건처럼 그대로 머물러 있을 수가 없다. 그렇게 되면 당신은 조용히 찾아드는 밤잠의 즐거움 속에 평화스럽게 안길 수조차 없게 된다.

그들은 한때 인생을 참되게 느끼기를 갈망하였다. 하지만 이제 그들은 인생의 진실을 피한다. 그리고 망상을 추구하게 된다. 감각에 자극을 주는 허망한 쾌감, 한때는 기쁨이 분명하게 보였으나 지금은 보이지 않는 기쁨의 헛된 빈 껍질에서 아름다움의 환영만을 추구하게 된다.

교양인이나 지식인은 물론 좋은 기회의 혜택이 많은 부유한 사람들조차도 심각한 허무감을 느낀다. 일상적인 사무에 별로 만족을 느끼지 못하고 자기가 현재 소유하고 있는 한가함에서 그 보상을 구하는 대다수의 사람들도 곧

이 허무감에 사로잡힌다.

일찍부터 연금을 받거나, 또는 유산이나 이자, 딴 불로 수입의 원천으로 일하지 않아도 살아갈 수 있는 사람들 중에는 그런 이가 많다. 또 가정을 돌볼 필요가 없는 부인들—이를테면 신흥 재벌에도 그런 사람이 많다.

그들에겐 여가에 대한 훈련이 전혀 없다. 대개의 경우 강한 흥미나 열성을 가지고 있지 않다. 일하는 시간의 습관은 자유로운 시간에 대해서 아무런 의미도 가지지 못한다.

그들은 대부분 도시 생활을 한다. 무미건조하고 틀에 박힌 세계 속에서 밤낮 조그만 원을 그리면서 빙빙 돌아가는 생활만이 존재한다. 그들에게는 노쇠의 그림자가 자기를 찾아오는 것 이외에는 아무것도 생각할 수 없다. 그들은 생의 정감을 회복하려고 한다. 그러나 시간은 얼마든지 있지만, 그것은 회복할 능력이 없는 시간들이다.

그래서 여러 가지 방식으로 자극을 또다시 취한다. 자기 자신 속에는 자극의 수단을 가지고 있지 못하므로 자기 외의 세계로 나아가게 된다. 따로 대신할 방도가 없기 때문에 결국 안이한 길을 취하게 된다.

또 그들은 사상의 세계와, 사물의 세계의 게시와, 예

술의 찬란한 세계와 도서관의 풍성한 학문의 세계 속에 존재하는 기쁨에 도달할 수 있는 방도를 그들은 배우지 못하였다. 그 대신에 그들은 빠른 수송기관을 구해야 하고 음식점이나 도박 장소에서 꿈과 모험을 찾아야 한다.

그들은 메꿀 수 없는 허무감을 메꾸어 보려고 시간을 낭비한다. 유흥을 그들의 목표로 삼는다. 건강한 사람은 가끔 야성적인 것을 원하고 일상적인 것에서 커다란 변화를 구한다. 식욕 삼매경에 몰입하고 규모는 작지만 자신을 잊어버릴 정도의 도락을 즐겨 보고, 일상생활에서 해방되어 간단한 여행을 떠나본다.

그러나 앞서 말한 사람들은 이렇게 노는 것이 그들의 생활방식이 되어 방향을 전향시킬 수 없다. 그들에게 있어서 가득 찬 술잔은 흥겨운 열락의 자리가 아니고 생의 권태를 마비시키기 위한 하나의 처방이었다. 도박은 그들에게 있어서 휴일의 흥겨운 놀음이 아니고 밤낮을 잊어버리기 위한 불만스러운 충동에 불과하다.

세계제 2차대전 이후 궁핍에 쪼들리는 영국에서 그 당시 돈으로 5억 달러에 해당하는 돈이 경마 놀음에 쓰였다. 그뿐만 아니라 축구 경기에 막대한 돈을 걸고 내기를 하였다. 승부의 결과가 신문에 발표될 정도로 뉴스

거리였다. 이것은 비단 영국만이 가졌던 과거가 아니다. 그 당시의 사람들에게는 우연히 그런 도박에 접할 기회가 많았다는 것뿐이다.

현대 인간들이 왜 그런 따위의 짓에 골몰하느냐에 관해서 어떤 상습자가 이렇게 쓴 글을 보았다.

"정신이 요구하는 정서적 긴장을 도박이 제공해 주기 때문에 도박을 하는 것이다. 그런 사람은 일종의 궁핍병 환자다. 이를 치료하는 유일한 방법은 도박밖에 없다."

이 사람은 깊은 공허감에서 해방되려고 하는 열망이 역력히 엿보인다. 이 방면에 약간 정통한 영국의 한 노동자가 나에게 이렇게 말한 적이 있다.

"한몫 보기는 해야겠는데 어다 적당한 것이 있으면 알려 주세요. 내 주머니에 한두 쉴링 있지만…… 그걸로 셔츠를 한 벌 살 수도 있지만, 그건 신통치 않거든요. 그러니 경마에다가 한번 도박을 거는 거지요."

이와 같은 방법으로는 자신의 깊은 허무감으로부터 도피할 수 없다. 그들이 얻는 것은 도피했다는 한낱 망상에 불과하다. 결국 그들은 자신들이 도피할 수 있는 유일한 방법이 망상임을 알게 될 때 또다른 것을 요구하게 된다.

이제 그들이 마지막으로 의지하는 것이라고는 이 병을

망각시키게 하는 적당량의 술뿐이다. 이런 무책임한 약을
사용하는 경우엔 계속해서 높은 단위의 약을 쓰지 않으면
안 된다. 그렇게 되면 그 전의 올바른 상태로 돌아가기가
더욱 어려워진다.

깊은 허무감은 바로 사물의 본질에 있어서 고유한 것이
라고 생각하게 된다. 그것이 현재 생활의 전부다. 술이 자
신의 망상을 치유하는데 절대적인 것이 아니라는 것을 잘
알지만, 술을 마시면 한층 더 심한 망상을 북돋운다는 것을
그들은 모른다.

자기 자신이 망상에 사로잡혀 있더라도 타인에게는 그렇
게 보이지 않게 하는 여러 가지 도피의 갈래가 있다. 그것은
실제로 도피한 것이나 다름없다.

대도시에서 살고 있는 사람들이 몸과 마음의 여유를
찾기 위해 찾아가는 고장, 기후가 알맞고 햇볕이 따뜻한
그런 고장에는 우리가 감탄할 만큼의 온갖 종류의 대상이
얼마든지 있고, 또 새로운 예찬에 마음을 쏠리게 마련이다.

이러한 장소에 가면 초자연적인 것을 예찬하는 이들과
얼마든지 만날 기회가 주어진다. 자연과 신비적 융합의
경지에 도달한 예언자라든가, 머리에 수건을 두르고
아시아의 빛을 설교하는 사람이라든가, 붉은 십자가의

의미를 해석하는 사람이라든가, 천당의 황홀경을 설명하는 사람이라든가, 신령한 마술사들이 있다.

여기에 많은 사람들이 모여든다. 어떤 이는 새로운 감명을 받고 지나가고 또 어떤 이는 머물러서 그의 제자가 되거나 신자가 된다.

이러한 제자나 신자는 믿기 잘하는 사람들이요, 천진난만한 사람들이며, 암시받기를 잘하는 사람들이다. 그들은 더 이상 아무것도 하려고 들지 않는다. 허무감이 메꾸어진 것이다. 그들은 일종의 최면 상태를 경험한 것이다.

그들은 신비적인 꿈의 안개 속에서 산다. 그들은 현실과 부딪치지 않는다. 그러나 그들은 적어도 어떤 방식으로나마 마음의 평화를 구한 것이다.

사정없이 노동을 해야 하는 것이 대다수 사람들의 어쩔 수 없는 운명이요, 생활은 힘들고 괴로워서 여가를 구한다는 것은 헛된 소망이었던 옛날에는 이런 것들이 현실적으로 느껴졌다.

그때의 사람들은 자기에게 운명적으로 정해진 조그만 현실과 대지의 관념과 변화하는 계절의 향기와 생사의 영원한 윤회의 의식과 밀접한 관계가 있었다.

그러나 오늘날 대다수의 사람들이 한가한 시간을

갖게 됨으로써 대지로부터 멀어지게 되는 것은 물론 자기 자신에게서도 멀어져 감은 사실이다. 우리가 삶을 영위하고 있는 세계의 넓은 지평선에서 수많은 소리가 들려 오며 서로 이해하고 즐기자고 우리를 부르건만, 우리의 귀는 그런 소리를 들을 준비가 되어 있지 않다.

분명 여가는 우리의 것이다. 그러나 여가를 잘 이용할 줄 아는 기술을 우리는 가지지 못하였다. 그러므로 마침내 여가는 공허한 것이 되었다. 그 결과로 하여 생기는 불안 때문에 인간들은 허망한 자극이나 망상에 빠지게 되어 자기 자신의 대지大地로 돌아갈 줄을 모르게 되었다.

인간의 자만심이란 무엇인가

남을 지배한다는 자만심은 왕왕 무력과 분열을 자아내는 원인이 된다. 위엄은 힘과 통일을 준다. 그것은 어려운 경우가 가끔 있을는지 모르지만, 억압받는 자들이 자기의 성실성을 유지할 수 있고, 또 너절한 보상 속에 도피하려는 생각을 버린다면 진정한 위엄과 허망한 자만심과의 투쟁에 있어서 뜻하지 않은 승리를 거둘 것이다.

생활의 불꽃이 천천히 타오르건, 갑자기 타서 심한 폭발을 하든 간에 생활의 불꽃의 원동력은 정서情緒다. 정서는 우리를 통일하고, 분열시키고, 이리저리 움직이게 하고, 높이 올라가도록 우리를 떠밀기도 하고, 끝없는 원을 그리면서 빙빙 돌게도 만들고 또 어두운 심연 속으로 밀어 넣기도 한다. 정서와 이성은 영원한 적인 것처럼 말하는 경우도 있다. 그러나 이것은 인식 착오다.

정서는 인간의 모든 성질에 연료를 공급해 주는 것과 마찬가지로 이성에 대해서도 연료를 제공해 준다.

아리스토텔레스가 말한 바와 같이 적당한 정서는 언제나 이성의 벗이요, 이성에게 용기를 준다. 인간이 진리와 호기심에 대한 사랑을 못 가진다면, 또는 진리가 봉사하는 대상에 대해서 어떠한 관심도 가지지 못한다면 어떻게 진리를 탐구할 수 있겠는가.

정서와 이성이 손을 맞잡을 때 완전하다. 정서가 왕왕 이성에 복종하지 않고 혼자서도 충분하다고 생각할 때 부조화가 생겨난다.

정서가 이성의 도움을 물리치면 난폭해져서 정서가 마주서기를 싫어하는 현실에 부딪쳐서 파괴되고 만다.

그 한 예로서 자랑의 감정을 들어보자.

자랑은 자랑을 느끼는 자랑이 가지고 있는 성질이나 상태를 앙양시키는 정서다.

인간은 자기 사업과 용기와 세력과 여러 가지 관계 등에 대해서 자랑을 느낀다. 만일 그가 조화감을 가지고 있다면 그의 자랑은 그에게 자신을 주고 어려움을 당했을 경우에 의지할 용기를 줄 것이다.

그러나, 다른 정서와 달라서 자랑은 자랑의 원천이

되는 사실을 왜곡하므로 자기 자신을 침소봉대針小棒大할 위험성이 있다.

인간이 어떤 권위나 세력을 가지게 될 때 자기의 지위와 가치를 자칫하면 높이 평가하기 쉽다. 그는 넓은 시야를 잃고 모든 것을 왜곡해서 생각하기 때문이다. 그는 자기 주장에 도움이 되지 않는 것은 무엇이든지 과소 평가하고, 자기 주장에 도움이 되는 것은 무엇이든지 과대 평가한다. 마침내 그는 타인과의 사이가 점차로 나빠진다.

특히 자기 권력 밑에 있는 사람들과는 사이가 급기야 나빠진다. 그는 사람들을 실력보다 낮게 평가하고 자기 역할을 약화하는데 이바지하는 사람들을 높이 평가한다. 하여 그는 자기 세계를 왜곡한다.

지금까지 말한 자랑은, 자랑을 마음속에 불러 일으키는 자기 소유물을 침소봉대針小棒大하고 그 결과 점점 그가 대결하고 있는 현실을 오해한다. 여기에 깊은 망상 위에 서 있는 또 하나의 자랑이 있다. 왜냐 하면 자랑의 근거는 망상으로서 자신이 왜곡되기 전에 원래가 허망한 것이다. 집단적인 자랑의 경우는 늘 그렇다.

우리는 모두 집단에 소속되어 있다. 집단은 현실에 실재하는 것으로서 우리 생활에 중대한 의미를 가지고 있다. 자신이 어느 집단의 일원인 것을 자랑하지 않는 사람은 드물 것이다. 가족이라는 집단에 구속되어 낳아서 자라고 또 그것으로 인해서 크고 작은 여러 집단에 속하게 되고, 필경 국가라고 하는 큰 사회적인 집단에까지 속하게 된다.

우리는 한 직업을 갖기 위해 노력하고, 준비하고, 선택되고, 결혼하고, 그 시대의 수많은 논쟁에 참여할 때, 여가를 즐기는 놀이를 할 때, 또 세계와 대우주에 관한 우리 관념이 굳어져서 소중한 신념이 될 때 우리는 새로운 집단적 관계를 가지게 된다. 이리하여 우리는 어떤 신앙의 단체라든가, 사상의 학파라든가 생활 계획을 위한 어떤 조직체에 속하게 되는 것이다.

그러나 집단에 대한 그릇된 인식 방법이 있다. 또 인식 방법에서 그릇된 자랑이 생긴다. 이 자랑은 어디서나 볼 수 있고 또 아주 해로운 것이다.

그것은 대내적 집단in-group이 대외적out-group에 대해서 가지는 자랑이다. 백인은 이러한 자만심을 가지고 흑인을 대한다. 그들은 흑인을 한 인격자로 보지 않는다. 그들은 흑인을 인격자로 볼 수 없는 것이다. 그들은 다만 흑인에 관해서 자기 자신이 그리고 있는 상像을 볼 뿐이다. 그가 보는 것은 인간이 아니고, 한 유형, 한 열등, 한 유형의 견본을 볼 뿐이다. 이 유형의 개념이 가리워서 그에게는 실제가 보이지 않는다.

우월한 집단이 자기보다 못한 집단을 대할 때도 이와 마찬가지다. 성질이나 과거의 우월성이나 전통에 있어서는 현재의 지배적 집단보다 본질적으로 우리네가 우월하다는 관념을 가지게 될 때 비록 비 지배적 집단이라고 할지라도 자랑을 가진다. 이렇듯 사회적 정치적 세력으로 무장한 인간들의 허망한 자만심이 온갖 파괴의 원인이 된다.

이러한 허망한 자만심은 어떤 집단이 다른 집단보다 큰 사업을 이루어 놓았거나 우수한 성질을 드러낼지도 모른다는 점과는 관계가 없는 것이다. 이런 자만심은 허망하다.

왜냐 하면 두 개의 가정 위해 서 있기 때문이다. 하나는 의심스러운 가정이요, 또 하나는 분명히 어리석은 가정이다. 의심스러운 가정이란 이렇다.

즉, 옳건 그르건 간에 그들이 주장하는 우월한 사업은 자신의 소속 집단의 소질, 생물학자 소질이 우월해서 이루어 놓은 것이지 결코 자기네 집단이 이용할 수 있는 특수한 조건, 기회, 우연에 말미암은 것이 아니라는 주장이다.

또 이치에 닿지 않는 주장을 살펴보면 이렇다. 즉 그들이 내세우는 소질의 우수성은 자기 집단의 모든 성원들이 다 가지고 있는 천부의 재능이라는 것이다. 그러므로 모든 성원이 대외적 집단의 어떤 성원보다도 우월감을 느낄 수가 있다는 주장이다.

집단적 자만심은 허망할 뿐이다

모든 거대한 집단은 가지각색의 성질을 가진 여러 개인으로 구성되어 있다. 그중에는 위대하고 고귀한 인간들도 있을 것이요, 병자도 있고 악한 사람도 있고 약자도 있다.

그러나 집단적 자만심에 의하면 가장 비열한 백인도 가장 우수하고 능력 있는 흑인에 대해서 뽐낼 수가 있다는 것이요, 또는 지배적 민족의 제일 말단 관리도 자기 지배하에 있는 소위 열등자에 대해서 감히 멸시를 해도 무방하다는 것이다. 자랑할 것이 별로 없는 사람들은 이따위 허망한 자만심 위에 서서 자존망대自尊妄大하려고 한다.

이러한 자만심에 대해서 또 하나 고려할 점이 있다. 이 것은 이러한 자만심에서 생기는 하나의 허위다. 지배적 집단이 내세우는 온갖 덕을 그들에게 인정시킨다고 하자. 그렇다고 자기 밑에 있는 집단을 차별대우하고, 지배하고 또 여러 가지 기회를 부인할 하등의 정당한 이유도 없는 것이다.

이러한 기회를 부인함으로써 그러한 주장의 유일한 검증을 포기하는 것이다. 그와 같이 자만하는 사람들은 한층 더 치사스러운 윤리를 내세운다. 그러므로 고역과 빈곤의 생활을 극복하기 위해서는 시설도, 교육도, 동기도 줄 수 없다는 것이다. 그리고 이렇게 말한다.

"보라. 저것들은 얼마나 불결한가. 얼마나 우유부단하고 부도덕적인가. 우리의 우월성에 관해서 이 이상 더 무슨 필요가 있단 말인가."

이런 허망한 집단적 자만심은 우리 자신의 사회에서 특별한 역할을 한다. 우리가 분명히 믿기를, 사회의 근본이 되는 온갖 원리와 전통 속에 이러한 집단적 자만심이 좀먹어 들어가고 있다.

유럽과 아시아의 낡은 사회계급 제도의 특색인 여러 가지 관습과 태도를 우리는 포기하였다. 또한 우리는 자유경쟁적 정신을 가지고 자유기업의 장점과 어디서나 기회 있는 대로 재능을 발휘할 수 있는 생활과 만인이 자기의 갈 길을 사회에서 개척하는 권리를 선언한 것이다. 우리 사회는 개인주의적이고 활동적이며, 관료주의를 추방하는 사회로서 이 사회는 개인의 재능을 최고도로 발휘할 수 있는 사회라고 생각한다.

이러한 전통은 미국 사람들의 여러 가지 조건과 특별히 부합시켰다. 미국은 이 세상의 어느 나라보다도 많은 집단이 모여 형성된 국가다. 세계 모든 국민들 중에서 방랑자와 모험자들이 모여서 한 국가와 국민을 형성한 것이 미국 최대의 성공이었다. 모든 사람들에게 평등한 생활의 기회를 제공해 주는 것보다도 더 훌륭한 통일의 유대가 있을 수 있으랴.

그러나 이 사업은 실패하였다. 지배적 집단의 허망한 자만심과 민족적 편견은 민주주의 이론과 모순이 되는 계급 조직, 자유 경쟁의 정신을 가진 사회의 방식과 역행하는 제도를 만들어 놓았다. 집단에서 발생한 계급 조직은 옛날의 신분제도를 대신하고 있었다. 비정상적인 사회적 피라미드가 발생하였는데, 이 피라미드는 여러 계층으로 구성되어 있었다.

즉, 오래 전에 설립된 앵글로색슨의 집단, 서구인의 집단, 이탈리아와 동구의 집단, 아시아인의 여러 소수민족의 집단, 멕시코인과 라틴아메리카인의 집단, 흑인 집단이다.
그밖의 집단으로 특히, 유대인의 집단은 이 체계에서 불확
정, 또는 변칙적인 위치를 차지하였다.

현대는 보다 용감한 저항을 요구한다

민주주의적 평등과 자유기업의 장점은 여러 정강에서
선언되었으나 승복할 만한 핸디캡에 의해서 수백 만의
인간들이 방해를 당하고 있다. 인간의 공적과 봉사의 힘을
가지고서도 이 핸디캡은 완전히 제거하지는 못하였다.
그것은 핸디캡 정도가 아니었다. 그 이상의 나쁜 것이었다.

이 수백 만의 인간들은 진보 발전을 위한 평등한 기회를
가지지 못하였다. 그들은 낳아서 죽을 때까지 한결같이
참았다. 그것은 일종의 사회적인 매장이었다. 그들
중에서도 총명한 사람들이 열등하다는 사회적인 낙인을
강제로 찍히게 되었고, 이 낙인과 치욕에서 면할 길이
없었다. 그것은 정도의 문제였다. 분신적인 피라미드의
계급에 따라서 그 정도가 달랐다.

어떤 집단은 경제적 방면에서는 별로 제한을 받지

않았으나 사회적으로 무시를 받게 되어 그들은 신분이 높은 집단 오락장이나 사교장에 출입할 수가 없었다. 또 대학이나 특별한 교육을 받기 위한 전문적인 학원에 들어가려면 다른 사람들보다 몇 배의 어려움과 자격이 요구되었다.

최근에 이르러 미국의 위대한 전통은 새로운 필요와 새로운 문제에 자극되어 허망한 집단적 자만심에 대해서 반대하는 현상이 나타나게 되었다.

여러 주에서 제각기 제창한 차별 반대의 원칙과 교육기관에서 백인·흑인 분리주의를 반대하는 선언을 내리게 된 배심원의 여러 판결이 이러한 변화를 증명하고 있을 뿐만 아니라 여론에 나타난 여러 가지 새로운 반응의 현상이 또한 이러한 변화를 증명하고 있다.

그럼에도 불구하고 인종 차별과 집단적 자만심의 습관은 아직 상당한 세력을 가지고 있다. 이러한 관습은 좀 더 완전한 통일의 길을 여전히 방해하고 있다. 또 그것은 국가의 조직을 약화한다. 이러한 충격을 느끼는 사람들이 얼마나 고통과 낭비와 왜곡을 당하게 되는지는 아무도 추측할 수 없다.

그러나 변동하는 시대정신은 커다란 발전의 희망을

북돋아 준다. 또 이러한 희망의 빛은 무시당하는 사람들에게 한 가지 교훈을 주었다.

과거에 그들은 절망적 의견을 가지는 일이 왕왕 있었다. 어떤 이는 이에 대하여 역습적인 태도로 나오고 어떤 이는 여러 가지 도피의 방법을 취하였다. 또 어떤 이는 냉소적 태도로 응하고, 어떤 이는 혁명적 이론을 고집하였다. 그러나 어떤 이는 정신의 구제자에 의지함으로써 그들의 쓰라린 괴로움을 잊으려 하였다.

그러나 그런 방법으로 과연 몇 사람이나 마음의 위안을 발견하였는지는 아무도 알 수 없는 일이다. 이 손해를 보상하는 방도가 있다면, 우리는 모름지기 그것을 존중해야 한다. 왜냐 하면 정신의 상처가 크기 때문이다.

그러나 현대는 보다 더 용감한 저항의 방법을 요구한다. 그 몇 가지 조건은 이렇다. 억압을 받는 집단들은 남을 지배한다는 허망한 프라이드에 대하여 진정한 프라이드를 주장하는 것이다.

이 세상의 평가나 계급이나 소유와 아무런 관계가 없는 자랑과 위엄이 존재한다. 그 자랑과 위엄은 외부적 장식에 의해서 지지되는 자랑이나 위엄보다도 더 진실한 위엄이다.

이 위엄이 사회적으로 강요되는 열등성을 능가하는 곳에

서는 지배자들로부터 그들 주장의 반쯤은 없애버리려는 셈이 된다. 이 위엄은 그들의 잘난 체 하는 태도를 근본부터 뒤흔들어 놓는다.

　남을 지배한다는 자만심은 왕왕 무력과 분열을 자아내는 원인이 된다. 위엄은 힘과 통일을 준다. 그것은 어려운 경우가 가끔 있을는지 모르지만, 억압받는 자들이 자기의 성실성을 유지할 수 있고, 또 너절한 보상에 도피하려는 생각을 버린다면 진정한 위엄과 허망한 자만심과의 투쟁에 있어서 뜻하지 않은 승리를 거둘 것이다.

인간—제2년 생

    인간은 각각 특수한 자기를 가진 개인적 존재이지만. 우연에 의해서 한없이 증가된 우연의 산물이다. 인간으로서 볼 때에는 만물 중의 위대한 기적이다. 하지만 개인으로 볼 때에는 하나의 모래알이나 다름없다. 그러나 자기의 단순한 이기주의의 허망한 요구를 확대시키기 위해 힘만 생기면 인간으로서 자신이 갖고 있는 온갖 요소를 낭비하려고 든다.

    앞으로 일억 년 동안 이 지구는 무사할 것이라고 천문학자는 우리에게 말한다. 어쨌든 그들의 주장은 반신반의다. 그러나 우리에게는 그런 것이 문제가 아니다. 사실 우리는 우주에 대해서 중대한 관계가 없다. 우주도 지구에 대해서 중대한 관계가 있는 것은 아니다.

    천문학자들의 눈으로 본다면 우리가 이 지구상에서

생존하는 기간이란 순식간이다. 하지만 앞으로 장구한
세월을 두고 인간은 존재할 것이 분명하다.

그 시간은 엄청나게 길고 또 인간의 재능은 비상하기
때문에 그 사이에 인간은 기상천외의 힘을 발휘하여 전
태양계의 주인이 될 수 있을 것이다. 외부로부터 마침내
오는 무서운 죽음도 인간을 집어 삼킬 수는 없을 것 같다.
인간의 아득한 전도에는 예측하기 곤란한 세계적 불행이
가로 놓여 있는 것만은 아니다.

그러나 지금이라도 인간 자신의 어리석음이 인간의 놀라
운 기술과 손을 마주 잡는다면 순식간에 인간의 지배가
붕괴되어서 지금까지 쌓아 올린 문화는 무너지고, 인간은
초토 속에 빠져 간신히 불행한 가운데 살아남는 사람들은
초토로 화하고 시체로 덮인 폐허를 유랑하는 불쌍한
동물로 전락해 버릴 것이다.

세계적으로 유명한 원자과학자 한 사람이 나보고 자신
의 신념을 토로하였는데, 그의 말에 의하면 현대 인간은
회복할 수 없는 비극에 빠질 위험성이 대단히 농후하다는
것이었다.

어리석음과 지성의 두 요소가 이상하게 혼합되어 있는
것이 바로 인간이다. 자연의 비밀을 이해하고 자연의 동력

을 이용할만한 천부의 재능을 가졌지만, 자기가 획득한 이 중대한 힘을 현명하게 사용할 능력이 없는 자, 이것이 바로 인간이다.

인간이란 이를테면 현명한 바보다. 최고의 기술자이면서 사회적 기술이 부족한 자다. 힘 있는 기계를 연구해 낼 만큼 지혜롭긴 하나 그것을 이용하는 데는 한없이 서투른 자다.

하늘의 현상을 읽는 기술은 능하지만, 그 시대의 현상에 대해서는 맹목이다. 자기 지식을 기술에 이용하는 데는 재빠르나 자기 자신의 마음의 움직임을 간파하는 데는 매우 어리석다.

인간은 위대한 계산자이지만, 그 계산의 결과는 나쁘다. 인간은 놀라운 계산자이지만, 그의 계획은 그에게 큰 불행을 가져다주기도 한다.

인간이 지내온 역사의 기록을 더듬어 보면 밤낮 인간은 변함없는 테두리 속에서 반복된 연속이다. 그러나 인간의 지배하에서 비롯된 힘은 갑자기 엄청나게 커졌기 때문에 현명하고도 어리석은 이 인간의 연극은 한층 더 무섭고 중대한 것이 되었다. 힘 있는 자의 어리석음으로 인해서 힘이 늘 오용되어 왔다.

희랍이 이루어 놓은 놀라운 업적을 보라. 천부의 재능이 가장 풍성한 이 국민은 인간이 땅 위에 살아 있는 한 멸망할 수 없는 위대한 유산을 인류에게 남겨 놓았다.

그것은 모든 시대의 사상가와 예술가에게 주는 한 영감의 빛이 될 수 있는 유산이었다. 몇 개의 작은 도시에 살던 이 소수의 희랍인들은 몇 세대 동안에 창조적 예술과 대담한 사상의 위대하고도 즐거운 업적을 남겨 놓았거니와, 이것은 인류의 정신을 가지고 일찍이 생각하지 못하였던 위대한 인간의 꽃이다.

그러나 그들은 인간적 관계에 있어서 가장 기본적인 문제를 해결하지 못하였을 뿐만 아니라 해결하려고 들지도 않았기 때문에 미구에 멸망하고 말았던 것이다.

그들은 외부로부터 오는 공동적 위험을 해결하기 위해서 통일하려고 하지 않고 그 대신에 사소한 사회적 분리주의에 빠졌을 뿐만 아니라, 무모하게도 내부의 갈등과 분열로 그들의 공동적 문화의 세력을 약화시킨 나머지 결국 그들은 자신들이 멸시하던 다른 민족의 침략을 당해 멸망하고 말았던 것이다.

여러 왕조와 제국에 흥망이 있듯이 위대한 인물이나 그렇지 못한 인물을 막론하고 우여곡절이 많겠지만, 결국은 같은 역사의 길을 반복하여 걷게 되는 것이다. 권력 있는 자가 세력을 잡으면 더 많은 세력을 탐내어서 여러 가지의 계획을 세우고 계산한다.

시인은 그들의 영광을 노래하고, 현인은 그들의 사이비 영웅적 행동에서 지혜를 발견하고, 백성들은 신성한 지도자를 박수로 환영하지만, 그들은 죽음의 길로 떨어진다.

이것이 과거의 역사적인 경과이다. 그러나 지금은 과거와 다르다. 지배적 국민과 정복심이 강한 지배자들에게 대해서 그것은 죽음의 길이었다.

그러나 시골과 전화의 발길이 닿지 않은 곳은 그대로 남아 있었고, 밭에서는 여전히 추수를 할 수 있었다. 또한 생존자는 자식을 낳고 자기 생업에 종사할 수 있었다.

그러는 동안 신흥국가와 국민들이 일어나서 다시 지배하려 들고 또 새로운 통치가가 나타나 조만간에 권력의 오산으로 파멸의 길을 밟았다. 이렇듯 인간은 여러 가지 무기를 쓸 수 있었지만, 인간 자신의 이러한 파괴는 지상에 별로 교훈적인 흔적을 남겨 놓지 못했다.

지상의 일부를 사막으로 화하게 한 산림의 파괴도 아마 그런 연유에서 비롯된 일일 것이다. 그 예외는 의심스럽다. 그것은 항상 힘의 균형에 공백이 생겼기 때문이다.

인간의 힘의 한계와 파괴의 한계는 일치하였다. 그러므로 어떤 지배적 국민의 불행이 적당한 시기에 이르면 타민족의 약탈의 기회가 되었던 것이다.

우리들의 시대에 있어서도 히틀러의 패망과 동시에 소련은 광대한 주권을 차지하였다.

어떤 박식한 학자가 과거를 충분히 회고한 후에 이것은 영원한 법칙이요, 사물의 결정적 방향이라고 말하였다. 세상에는 언제나 승리자와 패배자가 있는 법이요, 오늘의 승리자는 내일의 패배자가 되는 법이다.

흥망과 성쇠의 순환법칙

국가에는 언제나 흥망과 성쇠가 있는 법이다. 흥망성쇠는 영원의 법칙이다. 생명이 있는 자는 반드시 죽는 법이다. 시작이 있으면 끝이 있는 것이다.

그러나 영원의 법칙은 학자가 생각하는 것보다 단순치 않은 존재 방식을 가지고 있다. 승리자와 패배자의 영원한 법칙에 대해서 또다른 일들이 발생하는 것이다.

지금의 현실은 다르다. 원자탄이 생기기 전 과거 수천

년 동안 승리는 패배만큼 희생이 컸다는 여러 가지 징조가 있다. 상호간의 손실은 승리자의 이익보다 분명히 컸다. 또 지금의 우리에게는 이러한 단계도 이미 지나가 버렸다.

우리는 지금 아무 승리도 없는 단계에 이르러 있다. 초강대국이 충돌하는 날 쌍방의 손실은 부분적인 것이 아니라 거대한 지구를 충분히 멸망시킬 수 있는 위기에까지 직면해 있는 것이다.

과거 수 세기 전에도 전쟁을 일삼는 국민들은 승리와 개선의 영웅, 장군들의 환호와 행진 속에서 어딘지 공허한 그 무엇을 느꼈을 것이다.

사람들은 승리의 값을 가장 잘 알았다. 정복자들은 정복한 상태로 머물러 있기를 원치 않았다. 정복에는 끝이 없었다. 침략자를 물리치고 승리자의 질곡을 집어 던지는 전쟁만이 일반 사람들의 희생적 열정을 부추겨 세웠다. 군인들에 대한 예찬은 그들에게 있어서 아무것도 아니었다.

또한 지도자와 군소 시인들과 장군들과 학생들이 전쟁 그 자체를 영광스러운 것이라고 생각하였다. 전쟁의 모험담을 운운하던 사람들은 근대 무기의 탄생과 동시에 죽었다. 자본가들이 전쟁을 원한다는 관념을 품고 있는 자들은 오직 공산주의자 뿐이다.

현대인의 생각에 의하면 전쟁은 세계적 불행이나 다름없다. 인간의 사색과 희망과 계획에 무서운 종말을 가져오는 것이 전쟁이다.

위정자들은 어떤 이론을 그럴듯하게 선전하지만 전쟁은 결코 그의 것이 아니다. 기껏해야 적을 물리치는 일에 지나지 않기 때문이다.

전쟁은 하나의 새로운 검은 죽음과 같아서 현대인에게는 반갑지 않은 물건이다. 전쟁은 무서운 위력을 가지고 우리의 온갖 계획을 파괴한다. 그가 추구하고 애호하는 일체의 사물이 전쟁으로 인해서 위협을 받으며 파괴된다.

또한 우리의 가족 생활과 활동, 휴식, 직업과 사랑이 모두 파괴된다. 전쟁은 세계를 암흑으로 만든다. 전쟁이 가져오는 유일한 것은 죽음 뿐이다.

이러한 명백한 사실에도 불구하고 인간은 가장 어리석은 역할을 역사로 남겼다. 아니 지금도 그와 같은 역사는 되풀이되고 있는 중이다.

전면적인 전쟁을 예상한다면 누구나 소름이 끼치는 공포로 전율할 것이다. 그러나 인간은 지금도 그들이 축적한 최대의 재원을 전쟁 준비에 사용하고 있다.

현재 전쟁과 평화의 결정적 역할을 하고 있는 미소 양국이 서로 화해할 수는 없다. 표면적으로는 저마다 큰소리로 평화를 외치면서 더욱 무서운 전쟁 준비를 서둘고 있다.

만일 화성인이 나타나서 왜들 그러느냐고 우리에게 묻는다면 저마다 미리부터 준비된 그럴듯한 대답을 할 것이다. 또한 화성인이 적대국인 그들에게 이와 같이 묻는다면 그들 역시 똑같은 대답을 할 것이다. 그것은 한결같이 상대방이 잘못이란 점이다.

우리들은 자기 방위상 권력제도에 대해서 무장하지 않을 수 없다. 모든 논란의 발단은 상대방의 잘못이라는데 있기 때문이다.

그러나 오늘날 상대방의 권력제도가 특별히 중대하고 강경한 것은 부인하지 못할 기정사실이다. 인간의 정신을 혼란케 만든 가장 완고한 독단주의의 배경 아래 그러한 권력이 존재한다.

아마도 화성인이라면 이와 같은 지구인의 태도를 무조건 이해할 것이다. 그러나 우리를 방해하는 독단이나 아량이 있느냐고 화성인은 질문할 것이다.

또한 우리들 대다수가 국제법을 인정하려고 하지 않는 까닭은 주권 때문이라는 것을 화성인은 이해할 것이다. 주권의 존재 이유와 본질이 무엇인지를 그들에게 설명하기는 곤란할 것이다.

또 만일 우리가 어떤 공동적 예측을 반대한다면 공동적 파멸의 위협을 어떤 방법으로 중지시킬 수 있는가? 또 여러 국가를 구속하는 법률 없이 우리가 갈망하는 평화를 어떤 방도로 달성할 수 있느냐고 화성인이 우리에게 묻는다면 우리는 당황할 것이다.

미국인들은 보다 더 완전한 통일을 이루기 위해서 이러한 낡은 주권 관념을 거부하는 하나의 실례를 세상에 보여 주었다고 화성인에게 말했다고 하자. 그러면 미국의 존재 자체가 위협을 당할 때 그들은 왜 이 커다란 통일에 대해서 적대적인 태도를 취했느냐 물을 것이다. 그럴 때 그들은 인간이란 존재한다고 말할 수 없으며, 또 이해할 수 없는 존재라고 거침없이 말할 것이다.

인간이란 어떤 존재인가?

인간은 생각하는 동물이다. 그러므로 다른 모든 존재에게 부여된 여러 가지 한계를 자유로이 넘을 수 있다.

사고적인 동물Homo Sapiens이냐, 또는 현명하면서 어리석은 인간이냐? 인간은 화학化學을 이상의 사도로 부릴 수 있고 새로운 창조의 도구로 삼을 수 있는 동물이다.

또한 우주를 횡단하는 다리를 놓을 수 있고, 과거를 현재에 연결시키고, 현재를 미래에 끝없이 연결시킬 줄 아는 동물이다.

인간은 비상한 천재적 재능을 가진 동물인 동시에 한없이 어둡고 어리석은 동물이다.

지구상에 인간의 목소리를 퍼뜨리고 우주의 한계를 측정할 만큼 재주가 비상하면서 동시에 자기의 조그만 이기주의와 유치한 악의, 대단치 않은 재산의 자만과 지상에서 자기가 차지하는 극히 적은 공간에 대한 자만 — 그것은 미구에 땅속의 적은 공간 속으로 사라질 운명에 있다.— 어떤 집단에 소속한다는 자만을 잔뜩 품고, 자기보다 좀 더 나은 자에 대해서는 질투를, 자기보다 좀 더 강한 자에 대해서는 증오를, 자기보다 낮은 자에 대해서는 경시의 감정을 가지는 자, 이것이 인간이다. 한편 그는 용감한 투사다.

그러나 대개는 허망한 그림자와의 대결이다. 도저히 대항할 수 없는 사물의 체계에 대해서 자기만이 옳다는 주장을 자랑하고, 여러 가지 독단을 내세우고, 남을 학대

하며 공포와 음모와 낭비와 투쟁을 일삼고 자기의 신성한
이성을 불합리의 공범자로 몰아 넣는다.

인간이란 참으로 기막힌 존재다. 인간은 각각 특수한
자아를 가진 개인적 존재이지만, 우연에 의해서 한없이
증가된 우연의 산물이다.

인간으로서 볼 때에는 만물 중의 위대한 기적이다. 하
지만 개인으로 볼 때에는 하나의 모래알이나 다름없다.
그러나 자기의 단순한 이기주의의 허망한 요구를 확대시키
기 위해 힘만 생기면 인간으로서 자신이 가지고 있는 온갖
요소를 낭비하려고 든다.

인간은 자기가 만들어 놓은 발명 때문에 골머리를 앓고
기계 때문에 혼란에 빠져 있다. 인간의 심신의 유기체
속에는 인생을 즐길 수 있는 여러 가지 위대한 능력이 있고,
다재다양한 소질이 있다.

그러나 왕왕 그의 정신은 신체의 적이 되고, 신체는 정신
의 적이 되는 경우가 있다.

인간은 삶을 즐길 수 있는 여러 가지 능력을 가지고 있
음에도 불구하고 인생을 즐길 줄 모른다. 타인이 즐기는
것을 방해하고, 타인을 정복하기 위해서 불필요한 규칙을
만들고, 타인에게 기회를 거부하고, 여러 가지 수단을

독점하기에 바쁘다. 그는 야심에 사로잡혀 있으므로 인생에 부여된 향락의 참뜻을 알지 못한다.

그는 아는 것이 너무 많기 때문에 여러 가지 궤도 속에서 자리를 잡지 못하고 시행착오를 한다. 그는 자연을 지배하는 길이 너무 많으므로 자연 속에서 편안히 안식을 취하지 못한다.

또한 그는 원하는 바가 너무 많고 매우 성급하기 때문에 불안하다. 그는 너무 많이 알기 때문에 사실은 아는 바가 적은 것이다. 그는 포만을 얻기 위해서 여가를 포기한다. 또 때로는 포만을 피하기 위해서 여러 가지 자극을 취한다. 자극을 자유의 길로 삼을 때 그는 자극에 사로잡힌다.

그는 죽음에 이를 때까지 조그만 원을 그리면서 빙빙 돈다. 현명하고도 어리석은 이 인간을 생의 길로 과연 자신 있게 이끌어 갈 수 있는가?

이러한 인간의 경지에 도달한 것은 불과 수천 년 밖에 안 된다. 인간이 최후의 집단적 대학살을 감행하지 않는 한 앞으로 1천억 년은 살 길이 있는 것이다.

위태로운 인간의 분노

　인간은 자신이 원하는 것을 모두 얻을 수 없다. 그래서 화를 낸다. 인간은 자신의 능력으로 이룰 수 없는 것에 마음을 기울인다. 그러므로 실패하게 된다. 우리는 타인을 자기 의사대로 부리려고 하지만 남이 말을 들으려고 하지 않는다. 그러니까 거만한 마음이 생기게 되는 것이다.

　고독을 사랑하는 사람은 물론하고 누구를 막론하고 자기가 계획하는 일이 실패한 경우 화가 남은 물론이며 주위 사람들에 대해서나 사물에 대해서 불쾌한 감정을 경험하는 경우가 있다.

　또 사람들이 진실을 감추기 위해 기만하거나 허위로 자신을 위장하려 할 때 우리는 화가 난 나머지 밖으로 뛰쳐나와 숲속이나 벌판을 헤메이면서 밤하늘을 올려다 보며,

　"왜 쓸데없이 화를 내는 거요? 당신이 꼭 화를 내야 할

이유가 뭐냐 말입니다."

하는 소리를 자신의 마음 속으로부터 들은 경험을 기억할 것이다.

탐구하는 행동에 잘못이 있는 것이 아니고 탐구하는 그 정신에 있다. 전심몰두專心沒頭몰두에 잘못이 있는 것이 아니라 바라다보는 시야에 있다.

우리의 가치는 우리의 신경 속에 있는 것이 아니고, 우리 마음속에 있다. 신념이 우리의 기질을 자극할 것이 아니라, 우리 정신을 자극할 때 비로소 새로운 가치를 발견할 수 있는 것이다.

그릇된 정서가 우리의 가치를 지배하고 더럽힌다. 인간의 그릇된 자아는 우리를 빗나가게 하고 우리에게서 진정한 탐구 정신을 빼앗고, 조화감을 파괴하고 생활의 가치와 질서를 말살한다. 기쁨을 잃는 것이다.

우리가 화를 낼 때, 혹은 쓸데없는 일로 흥분하게 될 때 우리는 조화를 잃어버린다. 또한 우리는 자제력을 상실하게 되는 것이다. 사물의 세계 속으로 굴러떨어지는 것이다.

그것은 자기의 욕구를 들어주지 않는다고 투정을 부리는 어린애가 장난감을 파괴하는 행위와 유사하다. 우리는 자기가 변경시킬 수 없는 일, 이미 시간이라는 책

속에 쓰여진 것에 반항하기 위해서 우리 자신의 성실성을 해친다.

"신이라고 할지라도 이미 지나간 일은 어떻게 할 도리가 없다."고 말한 고대 희랍인의 말을 잠시 생각해 보자.

내적인 변화이건 외적 변화이건 간에 변화 속에서 자기를 지키는 자, 자신이 할 일 또는 자신이 해결할 수 없는 일에 대해서 자기를 내세우지 않는 자는 현명한 사람이다.

자기 야심에 지배되지 않는 자, 자신의 정욕의 노리개가 되지 않은 자, 이웃 사람이 자신이 바라는 대로 되어보려고 자기 자신을 뒤집어 엎거나 또는 자기가 기대하는 것을 남이 거절한다고 해서 자신을 내던지거나 포기하지 않는 사람은 현명한 사람이다.

목적은 필요에 의해서 결정되지 않는다

변화를 발견할 때에도 변화하지 않는 자, 또는 이전하는 자와 동조하지 않는 자는 현명한 자다. 변화 속에서도 자기의 본질을 지키려는 균형의 원칙이 만물에 존재하는 거와 마찬가지로 당신 자신 속에도 그런 원칙이 있다.

당신은 자신이 시종일관한다는 것을 타인에게 설명하지 않으면 안 된다. 침묵에 의해서, 또는 자기의 봉쇄에 의해서, 자기의 완고한 고집에 의해서 자기 주장만을 내세워서는 안 된다.

왜 그런가 하면, 그와 같은 당신의 행동은 당신 자신의 성장을 스스로 방해하는 것이 되기 때문이다. 타인과의 공동생활에 적극 참여하는 일을 통해서 자신을 개척해야 한다. 이것이 만물의 법칙이다. 원자原子에서 은하계에 이르기까지 이것은 우주의 법칙이다.

자연의 모든 사물은 자기 존재의 계획에 방해가 되는 자에 대해서는 무서운 힘으로써 저항한다. 그와 마찬가지로 모든 동물은 유기체를 가지고 있다.

이 유기체에 생명을 준다는 것은 특수한 환경의 여러 가지 조건과 기회를 이용하여 자기 본래의 기획을 부단히 새롭게 하는 수단으로 삼는다는 뜻이다.

자기가 호흡하는 공기와 먹는 음식을 자기 본래의 요소로 변화시키기 위해서 신비한 화학적 작용을 한다. 이와 동일한 원리는 인간에게 있어서 하나의 필연성이 아니고 하나의 책임이 된다.

인간은 선과 악을 구별하는 지식의 열매를 따 먹었다.

그러나 인간으로서 그의 갈 길은 아직 결정되어 있지 않았다. 인간의 온갖 이상, 욕망, 계획은 인간의 능력 및 수단에 의해서 확대된다. 크건 작건 사물을 지배할 수 있는 능력은 인간에게 하나의 위험이 된다.

인간은 많은 목적을 추구하지만 가끔 자아실현을 잊어버린다. 인간은 많은 사물을 알고 있지만 자기를 인식하려고 하지 않는다. 자기 인식 없이 힘이 생기면 생길수록 인간은 유치해진다.

인간은 자신이 원하는 것을 모두 얻을 수는 없다. 그래서 화를 낸다. 인간은 자신의 능력으로 이룰 수 없는 것에 마음을 기울인다. 그러므로 실패하게 된다. 우리는 타인을 자기 의사대로 부리려고 하지만 남이 말을 들으려고 하지 않는다. 그러니까 거만한 마음이 생기게 되는 것이다.

권력에 의해서 왕위에 올랐던 사람들이 이와 같은 현상을 나타내었거니와 이러한 현상은 모두 역사의 비극이다.

티물, 칭기즈칸을 비롯하여 여러 제왕과 회교도, 군주와 독재자들, 히틀러나 스탈린의 시대에 이르기까지도 그렇다.

우리들처럼 조그만 주변에서 빙빙 돌고 가족, 사업, 사회 사건, 여러 가지 집단에서 어떤 지위를 차지하고 좀 더

출세해 보려고 애쓰고 항상 무엇을 더 바라고 있는 사람을 생각해 보라. 그것은 노력이 문제가 아니라 노력의 정신이 문제다.

우리는 타인을 보고 자신의 판단을 내리는 존재다. 과연 남이 나보다 경쟁에 앞서 있는가?

우리는 남보다 앞서 있지 않으면 삶을 영위해 갈 수 없다. 그렇다면 타인이 늘 우리의 길을 가로막고 있다는 말인가?

내가 남의 길을 가로막지 않으면 성공할 수 없다. 이것은 생의 절대적인 법칙이다. 그렇다면 남들은 분외分外의 보수를 받았다는 말인가?

우리 같이 공적이 있는 사람은 그에 합당하는 지위와 자리를 차지할 권리가 있다. 그들은 우리의 사상을 완고하게 반대하고 있는가? 우리는 진리의 승계자이므로 그들을 가르쳐야 한다.

이와 같이 우리들은 언제나 흔들리므로 균형을 잃어버린다. 자기 자신의 계획마저 잊어버리게 된다.

우리의 목적은 자기의 진정한 필요에 의해서 결정되지 않는다. 그러므로 우리 만족은 타인의 대립적 목적에 조화되지 못하므로 상대적이다. 목적을 달성한대도 피상적이고 불확실하다.

그러므로 우리는 화를 내고 괴로워한다. 아무리 현명하게 발걸음을 내딛더라도 우리는 실패를 당한다. 인간과 사물의 불균형은 우리에게 고민과 번민을 가져다 준다.

그러나 만일 우리가 자기 자신에 관해서 올바른 인식을 가진다면 무엇 때문에 화를 내며 고민하는가 하고 자기 자신에게 반문하는 소리가 내부에서 들려 올 것이다. 하지만 자만과 권위와 지위가 높은 경쟁자에 대해서 우리가 마음을 쓴다면 그와 같은 소리는 들리지 않을 것이다.

우리가 스스로 괴로워하고 이웃을 괴롭히는 온갖 방식 중에서 소위 어떤 주의를 고집하는 것처럼 가장 어리석은 일은 또 없다.

또한 우리의 충성을 요구하므로 타인에게도 반드시 요구해야 하는 이론이 즉, 주의다. 이런 따위의 주의는 다년간 인간의 평화와 행복을 파괴하여 왔다.

또 이런 주의는 목적을 달성하지 못하고 열성분자의 일시적 만족에 불과하므로 소용이 없다. 왜냐하면 이러한 주의는 변하는 것이요, 새로운 것으로 바뀌는 것이요, 경우에 따라서는 사라지고 만다. 그래서 그들의 잔인한 강제는 해이해지는 것이다.

당신이 아무리 현명하건, 또는 자신이 완전하다고 생각

하건 간에 당신의 주의는 전체적 진리가 아니고 다만, 부분적인 진리에 불과하다.

당신의 주의는 높은 데서 비치는 최후의 계시가 아니다. 당신이 하는 말이 하느님에게 속한다고 생각한다면 당신은 다만 스스로를 모독하는 것이다.

옛날 총명한 홉스Hobbes가 말한 바와 같이 신이 꿈속에서 자기 보고 그렇게 말했다고 당신한테 이야기할 때 사실은 신이 그에게 그와 같은 말을 한 꿈을 꾸었다는 이야기에 지나지 않는다.

도달할 수 있는 궁극의 진리

당신은 주의에 대해 좀 더 생각해 보기를 바란다. 그것은 당신에게 절대적인 조건이다. 당신은 살아가기 위해서 그것이 필요한 것이다. 그것은 당신에게 가치 있는 것이라고 생각하라. 그 주의가 참으로 훌륭하다는 것을 될 수 있으면 타인에게 설명하라.

그러나 당신의 신념을 그들의 법칙으로 삼으려고 들지는 말라. 타인에게 관해서 당신이 무엇을 알고 있다는 말인가?

또 당신 자신에 관해서 무엇을 안단 말인가?

우주는 당신의 마음보다도 도량이 크다는 사실을 감사하게 생각하여라. 우주는 당신뿐만 아니라 일체를 포함하리만큼 도량이 넓은 것이다.

당신이 도달할 수 있는 진리는 말할 수 없이 크나 넓은 진리의 한 단면에 불과하다. 벌레는 자기가 움직이는 거리만큼에서 만물의 척도를 발견한다. 이것은 의심할 여지가 없다.

인간의 온갖 사업과 마찬가지로 소위 주의에도 흥망성쇠가 있다. 갑이라는 사람은 사업보다도 오히려 주의를 오랫동안 고수한다.

만일 그들이 어떤 진리를 가지고 있다면 그들이 참고 견디는 동안 여러 가지 변화를 경험하게 될 것이다. 위대한 종교에 관해서도 사정은 마찬가지다.

주의가 변화를 거부하고 자기 자신의 진리성에 의해서가 아니고 권력 기관에 의해서 옹호되는 허위의 불멸한 생명을 가지게 되더라도 그 교리는 전과 마찬가지로 죽고 마는 것이다. 그 교리는 스스로 사멸하기 전에 자살하는 거와 같다. 그래서 교리의 사멸은 처참하다.

우주를 포함하는 위대한 주의는 물론 일상생활의 사소

한 주의도 인간의 사건에 해가 된다. 그와 같은 주의가 세력을 잡고 있는 동안 우리는 그런 주의를 그대로 두려고 하지 않는다. 다만, 그 주의에 능히 나 자신의 생활의 지도 원리가 될 때 우리의 이웃 사람을 강제로 지도하는 유대로 삼으려고 든다.

그래서 우리는 타인이 나에게 아무런 해도 끼치지 않는데 남을 괴롭히려고 한다. 그러니까 결국 타인도 나를 괴롭히려 드는 것이다.

만일 우리가 잠시 귀를 기울이고 눈을 들어보면, 때로는 쓸데없는 견해 차이로 다투는 맹렬한 논쟁을 멈추고 별들이 찬란히 운행하는 밤하늘을 우러러보며 삼라만상에 귀를 기울이는 여유를 가져본다면 주위에선 알 수 없는 생명들이 부산히 자기의 잠자리를 찾고 어둠 속 어디로인가로 날아가는 것을 볼 수 있을 것이다.

과연 그것이 우리에게 무슨 의미를 주는 것인가.

다시 밤하늘을 우러러보자. 찬란한 성좌에서 발하는 빛은 우리의 눈을 만나기 위해서 수백 년 동안 여행하고 있는 셈이다. 저 아득한 곳에서 비치는 빛은 수십만 광년 전에 우리를 향하여 여행하고 있었다.

인간이 신의 법칙을 아는 것처럼 자처하는 우리들에게

별빛은 무슨 뜻을 말해 주는 것인가.

우리로 하여금 그렇게 화를 내게 만드는 것은 이기주의에 원인이 있다. 우리는 세계 그 자체가 우리 자아의 주변을 빙빙 돌기를 원하고, 또 우리가 옳다고 생각하는 길로 세계가 돌기를 원한다. 그렇지 않으니까 우리는 화를 내는 것이다.

이기주의가 도를 넘으면 모든 균형은 일시에 깨지게 된다. 그렇게 되면 우리는 인생의 비극과 희극, 위대한 인간적 모험의 진정한 관심과 유머와 정열을 맛볼 수 없는 것이다.

아무리 애를 쓰더라도 내 육체의 크기를 한 치도 마음대로 늘릴 수 없는 것이 인간이다. 그런데 인간의 자만심은 늘 앞서간다.

우화에 나오는 배 터진 개구리처럼 우리는 크다는 것과 위대하다는 것을 곧잘 혼동한다.

이상한 비유를 든다면 아름다운 레이니어 산이 미국의 산봉우리 중에서 겨우 넷째 가는 산이라고 해서 화를 낸 지극히 고향을 사랑하는 일단의 무리들이 있었다.

그래서 그들은 그 산 꼭대기에 올라가서 바위를 세우고 눈과 얼음을 덮어서 이십사 피트를 더 높였다. 넷째에서 둘째가 되기 위하여 그와 같은 작업을 한 것이다. 그리고 이제야말로 "우리는 모든 워싱턴 등산가들의 꿈을 실현하였다."고 말할 수 있었다.

이제 그들은 그 산보다 일 피트 낮은 콜로라도 산을 내려다볼 수 있게 되었다. 부러운 것이라고는 캘리포니아 산밖에 없다는 것이다.

이런 예는 해가 없으면 없을수록 더욱 우스꽝스럽다. 이와 같은 허위의 애국자가 타인을 억압하기 위해서 힘으로 무장하는 날에는 희극은 계속 되풀이될 뿐이다.

자기만이 옳다고 완고한 주장을 할 때 타인의 인간성은 무시되기 쉽다. 또 그들은 곧은 길만을 취한 나머지 삶의 뒤안길을 모르 는 것이다. 그래서 그들의 귀에는,

"여보시오, 왜 그리 화만 내십니까?" 하는 조용한 복음의 소리를 끝내 들을 수가 없다.

3

삶의 한가운데서

진리는 진리다

모든 진리는 X와 Y가 서로 어떤 관계를 가지는 방식의 표상이다.
이러한 연결은 긴 연쇄의 일부다. 또 어디서든 어느 정도 우리들도 그들과
연결되어 있다. X와 Y가 연결된 그 사이에는 멀건 가깝건 간에
어느 점 위에는 조그만 Z가 있다. 이것이 바로 당신이며 나다.

인생의 여러 경우에 있어서 우리가 알지 못하는 일이지만 옳다고 믿어야 하는 경우가 더 많다. 일상적인 일을 대하는 경우에, 또 내일을 위해서 준비하는 경우에, 이웃 사람이나 친구들과 여러 가지 관계를 가질 때, 알지 못하는 운명과 무언의 계약을 맺는 경우는 물론, 이러한 온갖 활동에 있어서 우리는 증명할 수 없는 신념에 의지하고 이 신념에 따라서 행동해야 한다.

현명한 사람이라면 그 처지에 대해서 보다 나은 느낌을 가질 것이다. 충분한 지식은 없지만 많이 알게 될 것이다.

그러나 현명한 사람이거나 그렇지 못한 사람이거나

다 마찬가지로 미지의 장소에서 선택하고 행동해야 한다. 그러므로 우리가 알고 있는 것을 진리라고 믿어야 한다는 것이 중요한 문제가 된다. 그런데 우리는 이상하게도 여기에 대하여 무관심한 경우가 왕왕 있다. 그 태도는 마치 진리는 진리다 하는 것을 믿지 않는 것 같다.

만일 어떤 사실이 진리라면, 그것은 우리에게 어떤 의미를 가지는가?

X하고 Y는 이러한 점에서 이와 같은 관계를 가지고 있다고 우리가 말할 때, 먼저 우리의 정신은 그만큼 우주의 질서와 직접 관계를 가지고 있는 것이다.

또는 만일 우리가 그렇게 인정하고 싶어 한다면, 우리는 그만큼 신이 아는 바를 알고 있는 것이다. 그것은 이를테면 우리를 둘러싸고 있는 커다란 어둠의 세계 가운데서 광명이 비치는 적은 지역이다.

로마인들이 말한 바와 같이, 그것은 우리에게 주어진 것이다. 즉, 하나의 재료다. 당신은 그것을 믿을 수 있고, 그것으로 계획을 세울 수 있고, 그 위에 건설할 수 있다. 어떤 법률 제정자도 그것을 되풀이할 수는 없다. 어떤 권위자도 그것을 진리로 만들거나, 또는 다시 허위로 만들 수는 없다. 그것은 여러 가지 중요한 의미가 있다. 그러므로 당신은 그것을 의지할 수 있다.

그것은 오직 그 조건하에서 일정한 한계 내에서만 타당하는 조그만 진리일는지 모른다. 그러나 이러한 한계 내에서는 그것은 자연 질서의 확고한 국면이요, 현실의 사물의 놀라운 한 사실이다. 우리가 알지 못하는 것을 우리는 쉽게 믿어버리려고 하는 일면이 있는가 하면, 우리가 알고 있는 것을 좀처럼 믿지 않으려고 하는 경향도 있다는 것은 놀라운 사실이다.

우리는 그것을 부정하지 않는다. 또 논쟁하지도 않는다. 의심하지도 않는다. 우리는 그렇다는 것을 잘 알고 있다. 그러나 그런 인식에는 아무런 표정이 없다. 우리는 그들의 말을 되풀이한다.

그러나 그 말은 우리에게서 이미 의미를 상실하였다. 마치 학생의 기계적인 공부와 같다. 또는 인간이 죽는다는 사실을 알고 있는 용감한 청년의 태도와 흡사하다.

다음 골목에서 어떤 암살자가 당신의 생명을 빼앗으려고 기다리고 있다는 것을 당신이 안다고 가정하자. 당신은 그 인식에 근거해 가지고 분명히 행동할 것이다. 만일 당신이 정말 그것을 안다면 거리낌 없이 걸어갈 수가 없을 것이다.

그것을 안다는 것은 그것을 믿는다는 것이요, 그것을

믿는다는 것은 거기에 관해서 어떤 행동을 한다는 것이다. 당신이 지식이 많건 적건 당신에게 중요한 의의가 있을 때 비로소 신념의 테스트가 생긴다.

만일 당신에게 할 수 있는 행동, 분명하고 단순한 행동이 있다면 당신은 물론 그에 따라 행동할 것이다. 만일 그런 행동을 하지 않는다면 당신은 자기가 아는 것을 정말 믿지 않는 것이다. 그렇다면 우리는 진리조차 진리라고 믿지 않을 것이다.

현대의 한 예를 들자. 큰 나라와 나라 사이에 다시 전쟁이 일어난다면 지구 전체는 무서운 비극을 겪게 되리라는 것을 우리는 너무나 잘 알고 있다. 전쟁의 참화는 극심하므로 승리를 한댔자 결국은 허망한 패배나 다를 것이 없다는 것을 우리는 알고 있다. 그러나 우리는 정말 그렇다고 믿고 있는가?

위에 말한 테스트에 의하면 대다수의 사람들은 믿지 않는다. 그 진리는 그들에게 있어 진리가 아니기 때문이다. 그들은 그것을 상상해 보려고도 하지 않는다.

구식 군대는 무용지물이 되었다는 것을 인식하지 못하는 장군들이 있는가 하면, '청군'이 어떻게 하면, '홍군'을 이길 수 있는가를 보이기 위해서 지상에다가 희망적인 계획을 그리고 있는 전략가도 있는 것이요, 국제 문제에 있어서 주권의 망령을 감소하자는 이론을 열렬히 아우성치고 반대하는 정치가들도 있다.

이러한 정치가에게 박수갈채를 보내거나 그런 일에 전혀 무관심한 사람이 거리에 있다. 그러나 그것이 무슨 의미인지를 만일 안다면, 그는 자기 발언을 통해서가 아니라면 적어도 자기 투표를 통해서 거기에 대한 어떤 행동을 반드시 취하고 싶어 할 것이다.

기지의 진리를 불신한다는 것은 주로 희망적 사고에서 생기는 것이다. 신념이 우리의 관심이나 열정이나 또는 꿈과 반대될 때 그것을 믿으려고 하지 않는다. 이것이 불쾌의 가장 흔한 형태다. 어린애가 자기를 방해하는 물건을 파괴해 버리듯이, 우리 마음속에는 자기가 원치 않는 진리를 깨뜨려 버리려고 하는 경향이 있다.

지금의 정서는 우리가 무엇을 믿어야 할지를 지시해 주는 수가 왕왕 있다. 우리 마음에 썩 들지 않는 것은 진리가 될 수 없다고 주장하기 쉽다. 심지어 과학자들도 오랫동안 자기가 받들어오던 이론이 틀렸다는 것이 분명히 증명된데도 불구하고 논쟁하려고 드는 경우가 가끔 있다. 내게 좋은 것, 또는 내게 좋다고 생각되는 것이 반드시 국가에도 좋은 것이 아니라는 실증을 보면서도 실업가들은 이것을 인정하려고 하지 않는다. 이 점에 관해서 정치가들은 경제인보다 더하다.

정치가는 자기가 믿게 된 주장, 즉 자기에게 권력이나 권위를 많이 주는 것이라면 무엇이든지 자신의 국가에 가장 필요한 것이 된다. 이러한 주장에 근거하여 행동하는 경우가 왕왕 있지 않은가? 또 우리 마음에 가까운 사건에 있어서는 우리들에겐 대개가 그런 경향이 있다. 우리의 좋은 천성—충성이나 신의니 하는 것—이 진리를 무시하는 경우가 있다.

한 예를 든다면 남편에 대한 고발이 옳다고 마음속으로 믿는 아내가 있다고 하자. 그 여자 자신이 가지고 있는 증거에서는 그밖의 다른 결론이 나오지 않는다. 그러나 그는 그 증거를 걷어치운다. 그리하여 진리에 굴복하려고 하지 않는다.

그러나 왕왕 우리가 자기 자신에 대해서 지은 잘못은 그렇게 완화되지 않는다. 또는 이익욕이 사고와 행동의 습관에 대해서 좋지 않은 결과를 끼칠까 두려워하는 염려는 진리의 존재에 견딜 수가 없기 때문에 우리는 진리에 대해서 눈을 가리는 경우가 많다.

우리가 알지 못하는 일이 이 세상에는 무수하다. 특히 우리에게 제일 중요한 의미가 있는 일에 관해서 모르는 일이 너무나 많다. 분명히 알고 있는 경우에도 우리는 그것을 믿으려고 하지 않고, 또 그것을 쓰려고도 하지 않는다. 우리는 빛이 반쯤 비치고 그늘이 짙은 나라에서 사는 셈이다.

왜냐 하면 우리가 가질 수 있는 지식을 두려움으로 가리우고, 상상으로 물들이고, 희망으로 왜곡하고, 분명히 존재하는 경우에는 믿지 않으면서도 아무것도 없는 경우에는 믿으려고 들기 때문이다.

상상력이 풍성한 진리를 낳는다

진리의 의미를 곰곰이 생각해 보면 역시 진리는 진리다. 우리의 상상력을 진리에 가하면 가할수록 상상력은 풍성한 진리를 낳는다. 모든 진리는 X와 Y, 또 큰 X와 큰 Y, 작은 X와 작은 Y, 큰 X와 작은 Y가 서로 어떤 관계를 가지는 방식의 표상이다. 이러한 연결은 긴 연쇄의 일부다.

또 어디서든 그리고 어느 정도 우리들도 그들과 연결되어 있다. X와 Y가 연결된 그 사이에는 멀건 가깝건 간에 어느 점 위에는 조그만 Z가 있다. 이것이 바로 당신이며, 나다. 진리는 어쨌든 진리라는 것을 인식해야 할 중대한 이유가 여기에 있다.

희망적인 꿈을 희망적인 사고로 바꿀 때 위험이 생긴다. 그렇게 하기는 아주 쉬운 일이다. 때때로 우리는 모두 그런 과오를 범한다. 우리는 우리 측의 증거는 보면서도 상대 측은 보려고 하지 않는다. 불쾌한 증거가 눈앞에 보일 때 우리는 그것을 무시하고, 묵인하고, 감소하고 합리화한다. 이리하여 우리는 비진리에 양보한다.

이보다 더 나쁜 부정이 있다. 다행히도 우리 대다수는 이 런데 빠지지 않았다. 그것은 다만, 입으로 하는 거짓말이 아니고, 마음속의 거짓말이다.

자기가 하는 행동을 완전히 망각할 때, 또 자기의 정열만 믿을 때, 또 모든 현실을 이 정열이 요구하는 형식으로 전환할 때, 진리가 목전에서 나를 응시하는데 그렇지 않기를 바랄 때, 그것은 명백한 진리를 반대하는 것이다.

예를 들면 아돌프 히틀러가 있었다. 《나의 투쟁》(Mein Kampf)이라는 그의 책은 자기 자신과, 자기 친구와, 자기 적과, 자기 국민과, 자기 국가와, 모든 훌륭한 정치가와, 유대

151

인과, 인종과, 역사에 관한 무서운 거짓말의 체계다.

그는 자기가 경험한 것을 모두 그의 광신주의에 맞도록 왜곡하였다. 그는 자기 경험에서 아무런 교훈도 배우지 않았다. 만일 자기가 가는 길이 틀렸다고 이정표가 가르쳐 줄 때 필시 이정표가 틀린 것이라고 생각했다.

고통은 모든 교사 중의 최후의 교사이거니와 그는 심지어 고통을 통해서도 배우는 바가 없었다. 그가 일으킨 파멸적인 전쟁을 하는 동안 독일 국민은 자기 지도 하에서 앞으로 일천 년 동안 빛나는 통치의 길을 확립한다고 선언하였다. 그의 심복인 어리석은 부하들이 마침내 히틀러의 불행한 오산을 인식하였을 때, 그들은 반역자라고 히틀러는 외쳤다.

히틀러는 마지막 멸망의 고비에서도 자기의 패망을 연합군 때문이 아니고 자기가 너무 믿었던 장군들의 배반과 너무 충성스러웠던 국민들의 비겁 때문이라고 하였다. 그는 심지어 최후의 순간까지도 마음속에 거짓말을 가졌던 인간의 다시 없는 표본이었다.

우리들이 명백한 진리를 불신하려고 하는 방식에는 여러 가지가 있다.

우리는 습관의 동물이다.─습관이란 필요하고 대단히

경제적이다. 그러나 우리는 점점 습관의 노예가 된다. 만일 새로운 진리 때문에 변화의 불편에 당연하게 되는 것보다 우리가 확립한 과정을 위협하게 된다면 우리는 그 불편한 지식을 취소할는지 모른다.

우리는 그때 그 대가를 의식하지는 못하지만, 언제나 치러야 할 대가가 있는 것이다. 우리가 그 대가를 치르는 것은 단지 그 지식을 따르지 않는다는 이유뿐만이 아니라, 그로 인해서 우리 자신의 안전성을 약화하기 때문이다.

거짓말하는 습관, 우리가 진리라고 생각하는 것을 재빨리 아무렇게나 취급하는 습관을 가진다면, 우리는 결국 진리와 허위를 구별하기가 곤란해진다는 것을 셰익스피어는 말했다. 자기 자신의 허위를 믿으면 인간은 결국 어떻게 되는가를 셰익스피어는 분명히 그려 놓았다.

"진리에 대해서 거짓말을 한 결과 자기의 기억력으로
죄인을 만들고 자기 자신의 거짓말을 믿는 인물이 즉,
그것이다."

우리의 상상력이 부족하거나, 또는 우리가 상상력으로 적용하려고 하지 않는 점이 대개 난점이라고 하겠다.

우리는 기지機智의 진리를 사실 불신하는 것이 아니라

그것을 우리와 관련시키지 않는다. 그는 기차의 맨 끝에 있는 조그만 Z다. 그러나 우리는 기차와 하나라는 것을 이해하지 못한다. 이 점을 바로 이해하려면 진리란 사물과 사물 간의 하나의 확립된 관계라는 것을 잊어서는 안 된다.

사물과 사물과의 관계를 생각하는 것은 곤란하다. 왜냐하면 그 관계는 어떤 점에 있어서 우리와 사물 간의 관계는 아니기 때문이다.

진리가 우리에게 의미를 가지고 있지 않는다면 우리는 진리를 파악할 수 없다. 우리는 다만 진리라는 말을 알 것이 아니라, 진리를 생각하지 않으면 안 된다. 그렇지 않다면 진리는 기억이라는 낡은 방구석의 한 장의 휴지에 지나지 않는다.

진리는 여러 가지 측면을 가지고 있다. 또 여러 가지 측면을 기억에 나타내는 것이 아니고 상상력에 나타낸다.

진리는 여러 가지 의미를 가지고 있다. 우리는 진리와 같이 살 때에만 진리를 발견한다.

만물은 우리의 거친 눈에 비치는 것과는 아주 다르다는 것이 드러난다. 우리가 갑지로 갈라놓는 땅이나, 우리가 집어 던지는 돌멩이나, 우리가 뿌리는 씨나, 밝은 날의 푸른 하늘이나, 또 밤에 북극을 천천히 돌아가는 별들도 모두 그렇다.

이런 것이 우리에게 얼마나 큰 의미를 가지는가는 그것에 관해서 우리가 배운 지식에 달려 있는 것이 아니고 우리가 그 학문을 어떻게 이해했느냐에 달려 있다.

두 사람이 동일한 진리는 받아들이지만, 갑이라는 사람은 을이라는 사람보다 더 풍성하고 더 계시적이고 더 의미가 큰 진리로서 느껴진다. 그 진리는 동일하다. 그것을 받아들이는 사람의 경험과 지각에 따라서 다르다.

그러나 개인으로서 또는 집단으로서 우리 자신의 행운과 불운이 결정되는 사건이라든가, 또는 만일 우리가 선을 실현하고 악을 피할 수 있는 경우에 명백한 진리의 인식에는 우리 측의 단순한 행동이 요구될 때 우리는 왕왕 모든 이차적인 고려를 하여 그 때문에 진리를 우리에게서 음폐해 버리는 경우가 있다.

'진리는 진리다.' 하는 것을 우리는 사실 믿으려고 하지 않는다. 우리는 진리와 직면하기를 피한다. 왜냐 하면 그것은 우리를 불쾌하게 하거나, 또는 진리가 우리에게 요구하는 것과 반대되는 것을 우리는 하고 싶어 하기 때문이다.

오늘날 국가적 국제적 정세는 위기에 처해 있다. 가장 유능한 지도자가 요구되는 것은 사실이다. 그러나 그러한 조건하에서라도 우리는 그들의 능력에 관해서 대수로운 존경의 염念도 없이 선거하여 고위층에 앉히는 경우가 있다.

그러한 경우의 하나로 들 수 있는 것은 영국인이 네빌 체임벌린Neville Chamberlain 같은 대수롭지 않은 인물을 수상의 자리로 앉혀 놓았던 것이다. 그는 여러 가지 관계를 가지고 있었다. 우리 자신들도 그렇지만, 현대인의 역사에는 이런 예가 허다하다.

우리가 기지의 진리를 반대할 때 알 수 없는 것이 하나 있다. 그것은 우리가 치러야 하는 대가다. 그러나 그러한 추측은 결코 쓸 수 없음으로 그 문제는 그만두기로 하고, 우리가 진리인 줄 알고 있는 것을 받아들일 때 생기는 적극적 선을 다시 생각해 보자.

변화와 기회는 우리 주위에 또 우리 내부의 어디에나 있다. 인생의 성쇠는 우리로선 헤아릴 수 없다. 최대의 천재라 할지라도 몇 주일 앞날의 역사를 예언할 수 없다. 그러나 우리가 알아야 할 것은 아직도 수없이 많다.

우리는 우주 그 자체에 관해서 많이 알고 있다. 또 우리들 자신에 관해서도 약간 알고 있다. 이러한 지식 속에는 인간의 선악에 관한 지식도 있다.

이러한 지식은 커다란 어둠에 대한 우리의 빛이라고

할 수 있다. 이 빛을 밝히고, 증가시키고 사용하기 위해서
우리의 지혜와 신념과 힘과 희망이 있다.

빛은 우리의 요구를 충족시키기에는 너무도 적다. 그럴
수록 우리가 가지고 있는 빛은 더욱 소중히 여겨야 하겠다.
천박한 동기와 피상적 욕망 뒤에다 이러한 빛을 가리어서는
안 된다.

예술, 삶을 만들어 가는 가능성

올림프스의 산상에까지 도달하는 자는 참으로 소수다. 자기가 자각하는 내용을 독자적으로 인식하고 독자적으로 표현할 수 있기 때문에 그것을 충분히 완성할 때까지 순수하게 일관할 수 있는 자가 대성할 수 있는 자다.

예술 작품은 인간의 온갖 업적 중에서도 가장 인간적인 것이다. 예술 작품은 또한 가장 개성적이므로 가장 인간적이다.

배나 은빛 찬란한 커다란 비행기, 사이클로트론^{원자파괴기}, 고등수학의 연구, 또는 위대한 발견을 위한 꾸준한 노력, 모두 매우 훌륭하고 또 자기답게 아름다운 것이다.

그러나 이러한 연구는 예술 작품처럼 어떤 인격의 독자적인 산물은 아니다. 또 이러한 연구는 예술 작품처럼 인격을 반영하고 표현하는 것은 아니다. 이런 점에서 예술 작품의 위대성은 다른 모든 위대한 것과 다르다.

인간의 창조 가운데 예술의 창조만큼 순수한 창조의 경지에 도달한 것은 없다.

예술가는 자유라고 하는 위험한 천부의 재능을 가지고 있기 때문에 그런 것이다. 예술가 앞에는 아무것도 그리지 않은 공간의 캔버스가 있다. 그는 자기 마음대로 그 캔버스 위에다 그려나갈 수 있다.

흙덩어리가 있다. 이것을 가지고 무슨 형상이든지 만들 수 있다.

하얀 종이가 있다. 자기가 쓰고 싶은 것을 종이 위에 마음대로 쓸 수 있다. 이 재료를 사용하는 방식은 무수한데 예술가가 이 재료를 어떻게 쓰건 그건 그에게 달린 문제다.

예술 이외의 인간의 모든 활동에는 그것을 지시·제한하는 여러 가지 큰 통제가 있지만, 예술가는 이것이 없는 것이 보통이다. 과학자와 달라서 예술가는 사물의 명확한 성질에 얽매이지 않는다.

화가는 자기가 그리고 싶은 풍경을 자유로 그릴 수 있다. 역사가와 달라서 소설가는 자기가 쓰고 있는 소설의 장면을 마음대로 변화시킬 수 있다. 시간·장소·인물의 관계를 마음대로 변화시킬 수 있다.

그러므로 예술가는 엄연한 현실에 지배되지 않는다. 그는 공리성의 필요에서도 적지 않게 해방되어 있다.

비행기는 속도니, 항공로의 안전이니, 이러한 여러 가지 조건을 고려해 가지고 만든다. 배는 파도를 헤쳐나가도록 설계한다. 만일 배가 항해에 쓰지 못한다면 미(美)니 매력이니 하는 것은 일고의 가치도 없어진다. 그러나 예술 작품의 순수한 매력은 그 전체에 있다.

예술가가 지켜야 하는 여러 가지 제한은 예술가 자신이 만드는 제한이요, 예술가가 얼마든지 받아들이려고 하는 제한이다.

예술가는 그 시대에 속한다. 그는 어떤 방식에서 벗어나려고 할 때에도 그 방식을 따르지 아니하면 안 된다. 그러나 그가 어떤 방식을 따르건 또는 어떤 방식을 범하건 간에 그는 예술가로서 하나의 근본적 요구에 복종해야 한다. 그것은 즉, 예술가는 성실해야 한다는 점이다.

이 말은 단순하게 들린다. 그러나 그것은 지극히 어려운 일이다. 이 말은 예술가에게 무엇을 요구하는가? 예술가는 쓸데도 없는 고려 때문에 자기 마음속에 그리고 있는 작품에서 이탈해서는 안 된다는 점이다.

가까운 해안에서 어떤 사이렌 소리가 그를 부르건 그는

자기 목표를 향해서 나아가야 한다는 점이다.

예술가는 자기 자신의 권태나 조급성이나 또는 태만 때문에 자기가 마음속에서 애초에 그리려던 것과는 딴판인 작품에 만족해서는 안 된다는 점이다. 물론 이러한 성실성만으로 대예술을 창조하는 것은 아니지만, 이것 없이는 위대한 예술이 나오지 않는다.

우리는 누구나 소설을 읽고, 연극을 보고, 그림을 감상한다. 그런 경우에 예술가는 어떤 의미에 있어서 우리를 속였다고 느끼곤 한다. 금방 일어났던 정서가 사라질 때 이런 감정이 후에 일어나는 경우가 있다. 그 소설은 센세이션을 일으켰다. 그 소설은 우리를 괴롭히려고 하는 것 같았다.

그 그림은 유행을 모방한 그림이었다. 화법의 새 양식을 이용하였다. 그 연극은 기교에 흘렀고, 그 장면은 우리를 끌기 위해서 의도적으로 삽입했다.

극단적인 예를 하나 든다면, 신기한 탐정소설을 읽고 심심풀이나 하려는 사람이 소설의 장면이 어느새 급변해 가지고 적어도 잠깐 동안이나마 비문학적인 작품을 탐독하게 되는 경향은 없는가?

왜냐 하면 이러한 소설의 작가란 대개 독자를 기만하기가 일수다. 그들은 불안과 기대로 가득 찬 치밀한 작품

구성을 해 놓지만, 나중에는 거기서 어떤 확고한 인물을 등장시켜 천박한 창작적 논리를 전개하는 것으로 그 사람을 악인으로 만든다.

이보다 불성실한 일은 얼마든지 있다. 왜 그런 작가를 불성실하다고 하느냐고 물을 것이다. 그 작가는 처음에 어떤 의도를 가지고 있었던가? 그는 그 연극에서 단지 우리의 마음만을 끌 생각이었다. 만일 그가 성공한다면 그는 명성을 떨치는 것이다. 그러나 우리는 지금 예술을 논하고 있는 것이다. 작품의 예술적 평가를 내리고 있는 것이다. 위대한 연극이라면 우리의 마음을 끌 수 있다.

예술가는 고독하게 자신의 작품 속에 있어야 한다

위대한 연극은 열렬한 데가 있다. 《햄릿》이 그렇고 《리어왕》이 그렇고, 《헤다가브랠》이 그렇다. 그러나 행동의 전개 속에는 그 열렬한 맛이 내재하고 있다. 그것은 당연하다. 그 인물들의 정열과 맹목적인 욕망의 불가피한 결과를 드러내기 위한 좋은 배경이다. 그들은 그 인물의 위대한 비극에 빛을 가하는 셈이다.

독자에 대한 효과를 내기 위해서, 식어가는 흥미를 북돋우기 위해서, 이야기에 놀라운 변화를 주기 위해서, 또는 작가 자신의 재치를 보이기 위해서, 작가가 인형 연극처럼 끄나풀을 잡아당긴다고 한다면 그 작가는 작품의 테마를 올바르게 다루고 있지 않는 것이다. 중요한 장면의 본래의 가치에서 그런 효과를 드러내려고 하는 것이 아니라 작가는 억지로 효과를 내려고 장난을 하는 셈이다.

다만 그는 감격을 내려고 농락하는 것이므로 창조하려는 것이 아니다. 그는 기술자로서 예술가는 아니다. 예술의 창조만큼 순수한 창조이다. 그는 자기가 그리고 있는 세계에 공명하고 이해한다. 그의 테마가 그의 상상력을 붙잡은 것이다. 그는 거기에 생명을 부여해야 한다. 살아서 숨 쉬게 해야 한다. 그는 자기 아들처럼 작품을 사랑한다.

진정한 예술적 창조에 있어서 작가는 그 주인공과 경험을 같이 나누고, 같이 대화하고, 주인공으로 하여금 대화의 전달자로 만든다. 독자나 관중은 그 예술가와 혼연일체가 되어서 작가와 같은 기분과 관념을 경험하고 작가가 창조하였던 세계를 재창조하여 공명이 계속된다.

진정한 예술가는 불성실을 피한다. 그러나 창조의 괴로움을 맛보는 모든 단계에서 그 외의 여러 가지 불성실이 예술가를 괴롭힌다. 그는 자기의 수단 방법과 싸워야 한다. 자기 자신과 싸워야 한다. 또 자기 세계와 싸워야 한다. 이런 것들이 모두 합쳐져서 창조적 충동의 성실성에서 벗어나게끔 그를 유혹한다.

먼저 그의 수단 방법에 문제가 있다. 그는 말이나 그림 그리는 물감이나 또는 조형적 인상을 사용해야 한다. 이런 것이 그의 테마에 맞아야 한다.

그는 이런 재료를 자유로이 구사해야 한다. 왜 그런가 하니 자칫하면 그 예술가가 그리고 있는 표현 방법에서 다른 표현 방법으로 빠질 우려가 있기 때문이다. 본래의 생각에서 이탈하기는 쉬운 일이다. 또 훨씬 이용하기 편한 차선의 방법으로 만족하기도 쉽다. 어떤 관습이나 형식을 취하기 쉽다. 또는 그 사상·의도·관념을 그만 딴 것으로 만드는 어떤 기술을 택하기 쉽다.

예술가는 자기가 계획하는 전체의 구상을 분명히 파악하고 있는 동시에, 자기 작품의 온갖 방면에 대해서 가장 세심한 비평가가 되어야 한다.

예술가는 결코 만족해서는 안 된다. 조그마한 성공에 자만해서도 안 된다. 자기에 대한 호평을 들을 때에는 적어도 악평을 들을 때와 마찬가지로 경계를 해야 한다.

예술기는 고독하게 그의 작품 속에 있어야 한다.

예술가는 자기 세계 속에서 안심해서도 안 된다. 무엇보다도 자기 기술을 사랑하게 되어서는 더욱 안 된다.

예술가는 악덕을 보일 것이 아니라, 작품 속에 몸을 감추어야 한다. 아름답고 새로운 것을 창조해 보려고 하는 꿈을 처음으로 가지게끔 만든 충동에서 이탈해서는 안 된다. 성공욕은 사람으로서 당연한 것이요, 또 강한 것이겠지만, 창조적 의욕을 위태롭게 해서는 안 된다.

그가 창조하려는 세계는 그 가치가 크건 적건 어디까지나 그의 독자적인 세계다. 이것은 대중이나 비평가가 작가에게 원하는 바가 아니다. 그가 제일 염려해야 할 것은 명성을 얻지 못하면 어찌할 것인가 하는 두려움이 아니고, 정말 자기의 작품을 살리지 못하면 어떻게 하나 하는 염려라야 한다.

키이츠Keats는 스물 여섯 살 됐을 때 폐결핵으로 생명의 위험을 느끼고 예술가의 죽음에 대한 공포를 다음과 같이 표현하였다.

나의 풍성한 머리를 내 붓으로 정리하기 전에,
높이 쌓아 놓은 책들이 풍성한 곡창처럼 탐스럽게
무르익은 열매를 지니기 전에,

나의 생명이 끝날는지도 모른다는 두려움을 느낄 때,
별이 반짝거리는 하늘에서 훌륭한 로맨스의 위대한
상징을 바라볼 때, 또 다행히 훌륭한 솜씨로
그 그림자를 더듬어 나가지도 못하고 죽는다고
내가 생각할 때.

이것이 진정한 예술가의 첫째의 징조다. 가난 또는 환경, 내적 실패, 또는 인생의 요절로 인해서 창조적인 꿈을 실현할 수 없다면 예술가로서는 최대의 비극이다. 성공하려는 욕심은 예술가의 성실성의 적이거니와, 그보다 더 큰 적은 성공 그 자체다.

예술가가 일단 어떤 작품을 하나 완성해 놓으면 그는 그 형식을 되풀이하고 자기 자신을 모방하려고 한다. 또는 새것을 창조하는 고민과 꾸준한 노력에 잘못 따르기 쉬운 장엄한 환상을 가진다.

예술가들은 자기의 성공을 믿거나 그것을 이용하려는 생각은 될수록 가지지 않도록 인식하는 것이 좋을 것이다. 이러한 위험을 말해 주는 여러 가지 경우를 들 수 있다.

현대의 위대한 소설가 토마스 만Thomas Mann——그를 최대의 작가라고 칭하는 사람이 많다——은 명성이 자자하여 마침내 예언자의 옷을 입게 되었다. 그는 대가로서 일세를 지배하였으나, 이미 인생의 해석자는 아니었다. 그의 지리한 탐구는 독자에게 권태감을 주었다. 이제는 그의 작품에서 절실한 맛을 느낄 수 없다.

왕년의 명성이 자자하던 버나드 쇼^{Bernarb Shaw}를 생각해보자, 그는 재기환발^{才氣煥發}한 일연의 희곡에서 제멋대로 자기 주장을 늘어놓았다. 그의 등장 인물들은 쇼오의 기지를 전달하는 허수아비에 지나지 않았다. 그는 최고의 명예에 도달한 후부터는 거의 진정한 성실성이 부족하고 단순한 힘의 예찬자가 되고 독재자를 영웅이라고 받들게 됐다. 사회적 접촉을 잃어버린 사람들이 최후로 찾아가는 위안처같이 되고 말았다.

예술은 가장 황홀하고 계시적인 표현방식이다

예술가가 명성을 구할 때, 또 명성을 획득하였을 때, 그는 자기의 통찰력보다도 자기의 이기심을 더욱 표현하기 쉽다.

그는 매우 새롭고 남과 현저하게 다른 말을 해야 한다. 그렇게 하려고 애쓰면 애쓸수록 그의 하는 말엔 깊은 내용이 없다. 불가해한 세계를 개척하려고 하는 현대의 모모 작가처럼 그는 때에 따라서는 현실과 접촉하지 않으려 한다.

심지어 제임스 죠이스^{James Joyce}와 같은 유력한 작가도 《율리시스^{Ulysses}》와 같은 애매한 실험주의 작품에서 핀네간즈 웨이크^{Finnegans Wake}와 같은 놀라운 작품의 세계로 달라졌다.

그러나 우리는 현대의 시인들 가운데서 일부러 애매한 세계를 그리는 습관을 가진 이를 자주 보게 된다. 비상한 시인 딜런 토머스^{Dylan Thomas}도 〈은화식물〉이란 시에서 제멋대로의 알 수 없는 장난을 하였다.

그러나 애매한 것을 심원하다고 생각하는 태도는 곧 버림을 받게 된다. 또 그의 충성스러운 제자들의 해석이나 학자들의 비평을 가지고 그 의미를 보충할 수도 없는 일이요, 또 독자의 심금을 울리지 못하는 작품에 대해서 생명의 입김을 줄 수 없다.

자만이나 자기만족은 예술적 양심에 대해서 치명상이 된다. 현실감을 언제나 몽롱하게 하는 것은 정서다.

예술가는 자기 특수 방면에 있어서 감성이 예민한 사람이다. 자기 예술 세계에서 자기한테 들어오는 다종다양한 인상에 그는 장단을 맞춘다. 또 예술가는 지극히 개성적이므로 예술에 대한 자기 관계에 영향을 주는 온갖 변화에 대해서 민감하다.

그러나 재능이 크면 클수록 성공에 따르는 유혹도 그만큼 크다. 커다란 자유에는 그러한 위험이 가하게 마련이다. 위대한 감성도 그렇다.

이 두 가지 요소가 예술가 속에 결합될 때 성공에 따르는 위험은 큰 것이다. 그 골자를 말한다면 예술가의 문제는 이렇다.

그는 어디까지나 개성적이다. 그리고 세계를 해석하려고 한다. 그는 자기가 그리고 있는 것에 대해서 자기 자신의, 분명히 자기 자신의 이해를 가져야 한다.

도스토예프스키만이 도스토예프스키의 소설을 쓸 수 있다. 렘브란트만이 렘브란트의 그림을 그릴 수 있다.

그러나 그들은 자기 자신을 해석하고 있는 것이 아니다. 자기가 다루고 있는 사물의 체계에 대해서 자기의 해석을 내리고 있는 것이다. 그들은 그것을 타인에게 말하고 있는 것이다.

그 예술가가 위대하면 위대할수록 그의 해석은 수 세기를 두고 생명이 있는 것이다. 다시 말하면 예술가는 대단히 개성적 정신이 강하므로 언제나 우주에까지 뻗칠 수 있다. 그것은 예술의 딜레마요, 역설이다.

예술가의 문제도 우리들 모든 사람의 경우와 마찬가지로 특히 심각한 인생 문제의 하나다. 우리들은 모두 각자 자기를 폐쇄하고 있다.

당신이 말할 때 당신이 듣는 것은 당신 자신의 소리가 아니다. 그 소리가 당신에게 낯이 선 것은 마치 남에게 낯이 선 거와 마찬가지다.

당신이 거울 속을 들여다볼 때 당신에게 비치는 그 얼굴은 딴 모든 사람에게 비치는 거와는 다르다. 타인이 우리를 보는 거와 같이 우리는 자기 자신을 볼 수 없다.

로버트 번즈Robert Burns가 바랐던 것은 그러한 힘이었다. 좋건 나쁘건 우리는 남을 보는 것처럼 자기 자신을 볼 수 없다. 자타융합自他融合의 순간 우리는 자기 폐쇄의 경지를 초월할 수 있다. 그러나 우리가 극복하려는 것은 자기 폐쇄가 아니고 자기 중심이다.

우리의 지각은 어디까지나 우리의 것이다. 우리의 지각은 우리 인격이 세계를 바라다보는 각도에 제한을 받는다. 우리는 자기 폐쇄에서 벗어날 수 없다. 그러나 자기 중심은 이것과 문제가 다르다.

우리는 타인의 감정을 느낄 수는 없지만, 타인과 같이 느끼고 타인을 위해서 느낄 수는 있다.

우리는 타인의 사상을 생각할 수는 없다. 그러나 타인이 우리에게 자기 사상을 전달하는 한, 우리는 타인의 생각을 내 힘으로 다시 생각할 수는 있다.

총명한 정신의 소유자는 타인의 요구와 상태를 잘 이해할 수 있고, 또 그것으로 인해서 자기 관념을 확대시킬 수 있고, 자기 현실감을 풍부히 할 수 있고, 여러 가지 오해와 오산을 피할 수 있다.

우리가 상대방의 처지를 이해하지 못하였기 때문에 불행하게도 슬픈 과오 속에 빠지게 된 그런 처지를 몇 해 후에도 상기하지 못하는 경우도 없지 않다.

그러나 그러한 감정이 모두 지나간 뒤에 왜 내가 그 당시에 좀 더 이해력이 없었던가 하고 의아하게 생각한다. 우리는 무의식중에 큰 슬픔을 느끼고 타인에게 많은 비애를 준다.

예술가는 어떤 방면에 지각知覺이 유난히 예민하고, 타인에게 전달할 수 있도록 자기의 관념을 표현하고 구상화할 수 있는 능력을 가진 자다.

우리는 대개 크건 적건 우리의 조직 속에 예술가적인 요소를 약간 가지고 있고 가장 단순한 형식으로 우리는 이것을 표시한다.

예를 들면, 우리의 화제를 장식하거나 몸을 놀리거나 식탁을 대할 때의 기분에서, 또는 타인의 예술을 즐길 때에 표시한다.

위대한 예술가는 개성적 이해력을 많이 가지고 있으므로 자기 자신의 길을 발견하지 않으면 아니된다. 그는 혼자서 그것을 해야 한다. 기성의 방향을 집어치우고 그는 자기 자신을 믿어야 한다. 여러 가지 사물에 관한 자기 자신의 관념을 믿어야 한다. 사회의 여러 가지 힘은 이렇게 고독한 신념에 대해서 반대한다. 자기 자신의 사회적 충동이 여기에 대해서 반대한다. 성실하다는 것, 성실 일관한다는 것은 예술가의 최고 최난의 일이다. 심지어 성실하려고 하는 노력 속에도 성실에서 떠나려는 간교한 생각이 있다.

예술가가 현실에 관한 자신의 지각을 변호한다고 생각할 때 기실은 자기 인격을 장식하는 말을 하고 있는지도 모른다. 그는 매우 규각圭角이 생기고 일반적 경험에서 혼자 벗어날는지도 모른다. 그는 우월해지고 자존망대自尊妄大할는지도 모른다.

올림푸스의 산상에까지 도달하는 자는 참으로 소수다.

자기가 지각하는 내용을 독자적으로 인식하고 독자적으로
표현할 수 있기 때문에 그것을 충분히 완성할 때까지
순수하게 성실 일관할 수 있는 자가 대성할 수 있는 자다.

지식의 벽에 부딪힌 지혜

우리 현대인들은 지혜의 빛이 부족하므로 공동으로 사용하고 있는 우주라는 큰 집의 기둥들 서로 뽑고 있다는 사실을 알지 못한다. 지혜만이 그 산물을 정당화할 수 있다. 지혜는 언제나 진실하였다. 지혜만이 어리석은 자와 현명한 자들을 다 같이 구제할 수 있다는 것은 오늘날에 있어서도 진리다.

우리가 지식만 있다면! 충분히 알기만 한다면! 적당한 시기에 적당한 것을 알 수만 있다면, 우리가 행동하기 전에 행동의 결과를 알 수만 있다면, 우리를 혼란하게 하고 어지럽게 하는 여러 가지 상태에 관해서 진리를 알 수만 있다면, 우리 문제에 대한 해답을 알 수만 있다면, 우리는 인생을 가장 잘 이용할 수 있을 것이라고 우리는 늘 그렇게 생각하고 있다.

그러나 식자우환識字憂患이란 말이 있다. 또 어느 시인은 '지식은 비애의 스파이에 지나지 않는다.'고 말하였다.

그렇다면, 그것은 모두 무슨 뜻인가? 적어도 지식과 지혜는 반드시 쌍둥이가 아니라는 것을 의미한다.

우리는 지식을 잘못 추구하는 경우도 있다. 우리가 알아야 할 것은 허다한데 그중에서 중요한 것은 무엇인가? 알아야 할만한 가치가 있는 것은 과연 무엇인가?

우리를 엎고 있는 카산드라Cassandra; 희랍 신화에 나오는 예언자의 이름의 '악의 지식'처럼 지식은 악한 것인지도 모른다. 우리는 악을 피하고 막기 위해서 지식이나 힘 또는 의지를 가지고 있는 것은 아니다.

우리는 가끔 지식의 빛을 논하는 일이 있다. 지식의 빛을 비추면 무지와 미신을 몰아낼 수 있다고 우리는 생각한다.

이러한 지식은 우리를 자유롭게 하는 지식이 된다. 그것은 전망이요, 이해다. 그것은 지혜가 되는 지식이다.

이와 다른 지식관知識觀이 또 하나 있다. 그것은 '실용적' 지식과 단순한 학식 즉, 박학과의 차이에 달려 있다.

박학博學은 상아탑 속에 사는 사람들의 관심사다. 그들은 아무 데도 쓸 데가 없는 비실용적 인간들이다.

우리에게 중요한 지식은 기술적 지식이다. 이 지식은

우리에게 사물을 지배하는 힘을 준다. 그것이 무슨 소용이 있는가? 이것이 지식의 척도다. 만일 아무 소용이 없다면 그것은 '이론'에 불과하다. 일종의 지적 유희다.

지식을 얻는 방법에는 여러 가지가 있고, 인간이 지식을 탐구하는 이유도 여러 가지가 있다. 오래된 기물이라든가, 친필이라든가, 성냥갑이라든가, 심지어 고서古書를 모으는 거와 같은 정신으로 어떤 특수한 방면에서 지식의 재료를 모으는 경우도 있다.

그런 추구는 한 도락道樂이다. 딴 사람들이 행동하는 방식에 관해서 선천적 호기심을 만족시키는 한 수단이다.

예를 들면, 어떤 물고기에 관한 역사를 알고 싶어 한다. 그것은 청년 시절의 엄격한 훈련 결과에서 얻은 습관일는지도 모른다.

나중에 말한 이러한 인식 방법은 유익한 현상이다. 그것은 소위 현학衒學과 비슷하다. 그러므로 학식과 잘못 혼동되는 수도 있다.

관념을 표현할 때 나타내는 기능에는 무관심하고 복잡한 문화적 차이에 전심 몰두하는 것이 그 특색이다.

시인 브라우닝Browning은 〈문법학자의 장례식a grammarian Funeral〉이라는 시에서 우연하게도 이것을 희화하였다. 이

시를 보면 문법학자는 자기 건강에 유의해야 할 터이나 애제자에게 가르치는데 여념이 없다. 그래서,

　　허리에서 밀은 죽어 가면서도 전접어 'De'의 이론을
　　우리에게 설명하였다.

　　전접어前接語: enclitic de 같은 것은 없다. 그런데 이 시 가운데는 브라우닝만큼 과장된 표현이 있다. 브라우닝은 가끔 과장된 표현을 한다.

　　인식 주체의 인격적 관심을 떠나서 생각한다면, 이 두 가지 인식 방법은 중요한 의미가 있다. 하나는 해석적 지식이라고 칭할 수 있고, 하나는 실용적 지식이라고 할 수 있다. 이 두 가지 인식 방법은 상대방의 목적에 이바지하는 수가 왕왕 있지만, 우리는 그 대상에 의해서 지식을 구별한다.

　　해석적 지식은 그 자체를 위한 지식이다. 사물의 의미를 밝혀 주기 위한 지식이다. 사물과 사물과의 관계를 표시해 주기 때문에 추구하는 지식이요, 또 무한한 우주의 일부분의 성질을 설명해 주기 때문에 추구하는 지식이요, 인간의 성질을 이해하는데 도움이 되므로 또는 인간의 여러 위대

한 예술 작품을 전개시켜 주므로 추구하는 지식이요, 우리
에게 새로운 세계를 열어 주고 우리의 관념을 확대시켜
주므로 추구하는 지식이다.

실용적 지식은 사물을 다루는 것

실용적 지식은 관계의 한 형식 즉, 목적과 수단간의 관
계에 제한되어 있다.

실용적 지식은 사물을 생각하는 방식에 관심을 가지는
것이 아니고, 사물을 다루는 방식에 관심을 가진다. 실용적
지식은 기술·기계·조직의 방법에서 표현되는 조작적
지식이다. 실용적 지식은 언제나 무슨 목적에 소용이 되는
것이라고 할 수 있다.

특히 최고 형태의 이론적 지식에 있어서 해석적 지식은
아무런 소용도 없는 것처럼이 보이는 일이 가끔 있을는지도
모른다. 그것은 그 자체에 있어서 좋은 것이다.

청년이 대학교에 들어갈 때, 만일 그가 어떤 우연한
이유 때문이 아니라 공부하기 위해 가는 것이라면, 그는
이러한 두 가지 종류의 지식 가운데서 주로 어느 것 하나를

추구하는 것이다. 그의 관심은 자기 출세에 도움이 되는 그러한 사물을 배우는 데 있을 것이다. 그의 전도에는 직업의 문이 열려 있는 것이요, 어떤 직업이 그에게 생활의 길을 마련해 줄 것이다.

또는 학문이 그에게 사회적 지위를 마련해 주리라는 것을 그는 물론 알고 있겠지만, 학문을 위해서 학문을 사랑하는 마음을 가지고 대학에 들어갈는지도 모른다.

그는 문학이나 미술에 생생한 흥미를 느낄 것이요, 과학의 세계에 들어가고 싶은 동경을 가질 것이요, 우주관을 혁명시킨 과학적 이론을 이해해 보고 싶은 생각이 간절할 것이요, 위대한 사상가를 연구해 보고 싶은 철학적 흥미를 가질 것이요, 이 시대의 여러 가지 문제와 그 역사적 배경을 이해하려는 과학적 관심을 가질 것이다.

이러한 관념에 생생한 감명을 느끼는 청년, 무엇이나 이해하려는 정열을 가진 청년, 또 대학은 그러한 요구를 만족시켜 주리라고 믿는 청년은 환멸을 느낄지도 모른다. 상상력과 직감력이 학문과 혼연일체가 되어서, 자기가 할 역할은 해석자 노릇을 하는 것이라고 생각하는 선생을 적어도 한 사람쯤은 다행히 발견할는지도 모른다.

그러나 교육자의 임무는 학생을 지식적으로 훈련하고

기술의 응용을 가르쳐 주는 데 있다고 생각하는 사람들 사이에 끼이게 될 기회가 반드시 있을 것이다.

학문의 세계에 있어서 인기가 달라졌다. 과학주의科學主義: Scientism는 주로 순수과학의 세계 외부에서 세력을 차지했다. 순수과학에서 인간은 여전히 가설을 연구하고 이론을 세운다. 사회과학에서는 사실 발견·태도·측정·항목 계산 같은 것을 연구하는 경우가 많다. 철학적 연구에서는 학문이 회의적 학문이 되기 쉽다. 그래서 과거의 모든 이론을 다루지만 거기에 대신할 만한 이론은 제공해 주지 못한다.

이러한 기분이 지배하는 경우에 학생들은 이미 가치에 대해서는 관심을 갖지 않게 되거나 또는 그의 정신은 관념을 다루려고 하지 않는다. 그는 이해하려고 하지 않는다. 그가 할 일은 여러 가지 사물을 관련시키고 일람표를 만드는 일이다. 그는 이해를 구하지 않는다.

왜냐 하면 모든 이해는 계산에 환원되기 때문이다. 당신이 구하고 찾는 것은 처음에서 끝까지 여러 항목뿐이다.

그것은 한 유행이다. 그러므로 물론 지나가 버린다. 이러한 유행은 여러 가지로 설명할 수 있다.

전통적 가치를 진리의 결정자로 삼는 데 만족하는 미숙한 사고에 대해서 갑자기 변화가 생긴 것이 한 이유라 하겠다. 또 일면에 있어서 그것은 확실성의 탐구요, 모든 지식에 있어서 정확성을 탐구하는 것이다. 이것은 생화학의 성공으로 인해서 생긴 것이다.

이것은 또 비판적·조직적 사고를 하기가 곤란하므로 거기서 도피하는 것이라고 할 수 있는 우리의 중대한 문제에 대하여 근본적 해답을 주지 못하는 방면에서의 사고는 언제나 그 자신에게로 돌아간다. 또 이러한 이유 외에 시대정신의 강한 영향이 있다.

그러나 어떠한 설명을 하건 결과는 명백하다. 대다수의 청년 남녀의 학문에 대한 선천적인 정열은 냉각되었다. 그들이 탐구하는 지적 만족과 상상력을 그들은 무시한다. 대다수의 대학은 이를테면 작업장을 가진 하나의 새로운 공장으로 화하고 있다. 그들은 대학에 가면 자기 자리에 앉아서 동일한 제품을 생산한다. 그리고 나중에 자기 이름에다가 석사니 박사니 하는 명칭을 붙이게 된다.

맑스주의가 불러온 문명의 혼돈

학문에 대한 새로운 경향은 주로 이 시대의 기질에 대한 반응인 것은 물론이다. 문명인은 심각한 충격을 받았다. 이 충격은 우리의 전통과 전망을 다 같이 혼란에 빠뜨렸다. 이것은 사고의 습관에 심각한 인상을 남겨 놓았다.

1차대전 이전의 서구사회에 충만했던 정신적 분위기로 돌아갈 수 있다고 생각하는 현대의 청년은 하나도 없다. 안정감과 미래에 대한 기대와 단순한 낙관주의와 순수하지만 씩씩한 신앙의 태도와 대지를 다스리는 섭리에 대한 암묵적인 또는 명백한 신앙의 상태로 돌아갈 수 없다.

우리 문학과 미술은 이상하고 잘못된 방식으로 이 변화를 반영한다. 이 세계는 넓어지고 왜곡되고 불합리해졌다. 희망은 무너졌고 공포가 사실인 것이 드러났다. 미래에 대해서 우리는 무서운 의 문부호를 찍게 된다.

두 번에 걸친 세계대전의 파괴로 인해서 두 세대의 젊은 꽃은 꺾어졌다. 전쟁에 나가서 싸우고 살아남은 청년들은 근절되었다. 이루 헤아릴 수 없는 무수한 사람들에게 비애와 혼란을 가져왔다.

전쟁이 터지면 사람의 생명이 갑자기 죽는다는 사실은 모든 사람에게 대해서 일상생활의 한 사실이 되었다. 공포는 결코 우리와 먼 곳에 있지 않다. 인간은 신에게 기도를 올렸지만 모든 것은 허망된 일이었다. 지배하는 자나 지배를 받는 자나 모두 운명에 희롱되는 허수아비였다.

2차대전 이후 평화가 다시 우리를 찾아왔으나 그 평화는 대다수의 국가에 있어서 피곤하고 기운 없는 평화였다. 서구사회에는 또다시 희망의 빛이 솟기 시작하였으나 새로운 파괴적 위험이 곧 땅을 덮게 되었다. 그 위험은 두 개의 현상에서 생겼다. 하나는 1차대전에서 생겼고 또 하나는 2차대전에서 생겼다. 즉, 소련 공산주의 세력의 태두와 원자탄의 발명이다.

역사는 맑스주의 광신론자들에게 편을 들었다. 1차 대전 중에 그들은 여러 번 무서운 위기를 통하여 하나의 제국을 건설하였다. 2차세계대전 중에 그들은 패배에서 소생하여 광대한 세력권을 확립하였다. 하나의 용감하고 새로운 세계를 선언하고 출발하였다.

그리고 이 신념을 바탕으로 하여 세계 각지에서 환멸을 느낀 여러 국민들을 통치하였다. 그러나 그 신념은 허망한 것임이 드러났다. 그들의 예언자들은 유능은 하였지만 극단한 폭군으로 변하고 거의 지구의 절반을 무자비한 지배 속에 몰아넣게 되었다.

그것은 누구나 다 아는 사실이다. 그러나 우리 문제와 관계가 있기 때문에 예를 든 것이다. 이러한 온갖 혼란과

격변과 환멸 속에서 사회인들은 패배를 거듭하였지만, 과학자는 새롭고 커다란 성공을 계속해서 거두었다.

기술의 승리는 학문에 새로운 인기를 더하였다. 여기에 성공의 길이 있었다. 여기서 우리는 확실성에 도달할 수 있었고, 그 결과를 측정할 수 있었다. 애매하지 않은 확실한 지식에 도달하였다. 우리는 실제적인 동시에 학문적이 될 수 있었다. 명확한 계획을 좋아하는 여러 재단에서 학자들은 충분한 연구비를 얼마간은 얻을 수 있었다.

위에서 말한 두 가지 인식 방법 중에서 후자의 방법은 전자의 방법보다 위신을 가지게 되었다. 그러므로 인간성이나 사회과학의 여러 분야에 있어서와 마찬가지로, 해석을 주로 하는 방면에 종사하는 여러 학자들은 이러한 기본적 문제를 포기하였다. 심지어 무시하려고까지 하였다.

어떤 저자가 어떤 말을 사용할 때 그 사용 도수를 계산하는 사람들의 학교에 그들은 들어갔다. 그것은 그 저자가 정말 무엇을 생각하고 있는지를 정확한 측정 방법으로 알아내는 것이 그들의 목적이었다. 위대한 과학자가 어디까지나 거부하는 신성한 궁극성에까지 과학은 도달하였다고 그들은 생각한다.

과학자의 이러한 편애는 광범위한 변화의 일면이다.

사회의 진보는 처음부터 인간의 2대 업적의 결과였다.

인간의 2대 업적의 첫째는 인간이 자연의 세력을 점점 지배하게 된 점이다. 인간 자신의 여러 가지 목적을 위해서 자연의 세력을 이용하는 능력이 점점 늘어간다는 점이다. 이것이 주로 기술의 세계다. 또 하나는 널리 말하면 문화적 활동에 전심전력하게 된 점이다.

문화는 그 자체에 있어서 가치가 있는 사물의 개념이다. 인간의 상태를 고귀하게 하고, 사회와 개인을 융합시키고, 사회와 그 주위의 세계를 통일하는 것이 문화다. 문화는 인간의 창조성으로서 미와 비극, 경이와 기쁨, 인생의 감성과 미완성을 언제나 생생하게 지각할 때 인간의 창조성이 잘 표현된다.

문화의 세계와 기술의 세계는 각각 상대방을 요구한다. 기술이 없는 문화는 헛된 꿈과 그림자 속에 자기를 상실하며 문화가 없는 기술은 허영과 빈곤과 자멸의 희생이 된다.

창조적 문화가 쇠퇴하고 인간의 정신적 충동이 헛되이 소비될 때 긴장과 실패와 정신의 상실이 생긴다. 그러한 일반적 기분에서 완강한 유물주의와 협착한 실용주의가 된다. 이런 때에 인간은 기술에만 마음이 사로잡히기 쉽다.

그러나 기술은 인생의 목적 문제에 대해서 아무런 의문도 없고, 아무런 해답도 없다.

도덕적 노력에 싫증을 느낀 우리의 시대는 이러한 방향으로 움직이게 되었다. 학문이 이러한 운동에 참가하였다. 현대는 기술적 지식이 우세하다. 해석적 지식, 교화적 지식, 지혜의 모체가 되는 지식은 존중을 받지 못한다.

이러한 현상을 보고 어떤 관찰자는 우울한 절망을 품게 되었다. 그들은 유럽 문명이 이미 타락했다고 생각하였다. 유럽 문명은 새로운 야만주의의 단계에 들어간다고 예언한다.

우리의 공포와 희망은 언제나 미래를 예언한다. 그리고 부단한 변화의 세계에서 가장 생기기 쉬운 반전에 의해서 이러한 예언이 꼭 같이 반박되리라는 생각을 하고 우리는 저으기 안심을 한다.

지식은 지혜가 아니다

또 지식을 모두 합한다고 그만큼 더 현명해지는 것도 아니다. 만일 지식만이 세계를 건질 수 있다면 우리는 현재

보다 훨씬 더 행복한 생활을 하고 있을 것이다.

왜냐 하면 지식은 그 범위가 매우 넓어졌기 때문이다. 그러나 지식과 지혜는 중대한 관계가 있다. 우리는 어떻게 하면 지식을 지혜의 길로 만들 수 있을까? 이것이 이 시대의 문제다.

우리가 관심을 가지는 인식은 결코 단순한 지식이 아니다. 해석적 방면과 기술적 방면을 하나의 생활방식 속에 결합해 가지고 생활의 목적을 잘 실현시키는 것은 인식이다. 그것은 두 개의 중요한 표현을 가지고 있다.

그것은 한편에 있어서 전망적인 지식이다. 여러 가지 차이의 본질적 통일성에 관한 불충분한 개념을 상호의존의 형식으로 언제나 파악하려고 한다. 그것은 우주라고 하는 이 힘의 비밀이요, 또 인간을 포함한 우주의 모든 변화적 현장의 비밀이다.

그러나 또 한편에 있어서 그것은 단순한 기술적 지식이 아니고, 언제 어디서 어떻게를 알 수 있는 특수한 지식이다. 그러므로 적절하고 조화된 분명한 행동 원칙을 지시할 수 있는 지식이다.

이 지식은 분명히 교활한 것이 아니다. 개인적 목적에 이바지하기 위해서라면 신변에 있는 무슨 수단이든지 사용할 수 있는 기민한 정신이다. 그것은 박식이 아니며 특수한 현상에 관해서 모아 놓은 체계적 지식이 아니다. 또한 그것은 전문가의 지식이 아니다. 아주 좁은 범위 내의 집중적 지식이 아니다.

현명한 사람의 인식만이 지혜에 도달할 수 있다. 그러나 이러한 것은 지식의 역할에 대한 옳은 판단이 아닐 것이다. 지혜에 도달하려면 인식의 방법과 동시에 지식을 적용하는 방법이 문제가 된다. 동일한 지식이라도 사람에 따라서 얕게 인식하는 이도 있고, 감상적 인식도 있고, 동정적인 인식도 있고 계몽적인 인식도 있다. 이것이 소위 해석적 지식의 세 양태다.

지식은 지식의 수량으로 계산할 수 없다. 지식은 그밖에도 중요한 범위가 있다. 지식이 이런 것이라면, 부대적 의미가 완전히 없어질는지 모른다. 이러한 지식은 고립된 사실에 관한 아주 단순한 지각이 될 것이다. 그렇지 않으면 풍성한 의미를 가지게 될 것이다.

지식의 온갖 영역 중에서 가장 추상적 지식에 속하는 한 명제를 예로 들어보자.

'삼각형의 내각의 합은 두 직각이다.' 하는 정리를 옳다고 모든 학생들이 배운다.

그러나 그것으로 인해서 그는 무엇을 배우는가? 그는 그 정리와 증명의 방법을 기억할 것이다. 만일 그것뿐이라면 그에겐 정말 아무런 의미도 없다. 그것은 지식이 아니다. 그 대신에 만일 그 정리가 기하학의 체계에서 차지하는 위치를 파악하고 다른 정리와의 관계를 인식한다면, 그는 어느 정도의 지식을 획득한 셈이다.

삼각형을 구성하는 세 각의 합이 두 직각이다. 또 일직선 상의 어느 점에서나 두 직각을 만든다고 하는 동일한 필연성에 관해서 암시나 직관을 얻는다면 그는 공간의 개념, 적어도 공간적 관계의 논리를 파악한 셈이다.

나중에 말한 경우에서 우리는 조명적 지식照明的 知識 : il-luminative knowledge에 도달한다. 마치 창문을 열어 대우주의 어떤 부분을 바라다 볼 수 있는 것과 마찬가지다.

시야가 넓어져야 지혜에 도달한다

우리는 자기 자신을 폐쇄하지 않는다. 여러 개의 창문이 있을 수 있는 것이요, 또 우리는 각각 자기 경향성과 능력과 기회에 따라서 적어도 한두 개의 창문을 발견할 것이다.

예술이나 과학의 세계에서 또는 세계의 위대한 학문의 영역에서, 자연과 인간에 관한 사색에서 많은 창문은 우리에게 열려질 것이다. 안에서 빛을 주고 밖에 대한 전망을 주려고 하나의 창문으로서도 족할는지 모른다.

그러므로 지혜에 도달하는 방법으로서 우리에게 필요한 지식은 우리에게 시야를 주는 지식이다. 배울수록 넓어지는 시야를 주는 지식이다. 이것은 우리가 공부하고 배우는 방식이 얼마나 중요한가를 시사하고 있다.

만일 선생이 아무런 빛도 가지지 못한다면, 그는 배우는 사람을 비춰 줄 수 없다. 현대사회에서는 과거의 사회나 딴 사회와 달라서 선생의 지위가 여러 전문적 직업 중에서 너무도 낮다는 점은 매우 슬픈 일이 아닐 수 없다.

이러한 조건하에서 정신이 빈곤한 선생은 교과서의 지식을 매일 기계적으로 공급해 주는 인사들이 너무도 많다. 그 결과 '굶주린 양떼들은 위만 쳐다보고 배부르게 하지 못하게 되는' 것이다.

지식의 응용방법이 또한 문제다. 범죄 증가의 문제를 논의하기 위해서 모인 각계각층의 전문적 학자의 어떤 모임을 필자는 기억하고 있다. 각자 자기 특수한 전문 분야에서 범죄의 원인과 방지책에 관하여 중요한 요소를 발견하였다.

사회학자의 설명을 들어보면, '가정의 파괴와 사회 질서의 파괴'에 원인이 있다는 것이다. 인류학자에 의하면, 과거의 기성적 인종의 집단과 나중에 새로 이주해 온 집단 간의 전통적 충돌이 그 원인이라는 것이다.

정신병학자는 현대생활의 정신적 긴장과 실패에서 그 원인을 발견하였다. 의사의 이야기를 들어보면 유기체의 근본적 요구와 도시 문명의 여러 가지 상태가 균형이 맞지 않는데 원인이 있다는 것이다.

종교가는 종교적 권위의 몰락에 따르는 도덕의 부패에 그 원인이 있다는 것이다.

저마다 아주 그럴 듯한 이유를 가지고 있었다. 각 통계학자가 내세우는 그 방면의 증거를 들었다. 어떤 의미에서 즉, 그것이 관하는 한에서 그 진단은 각각 옳았다고 할 수 있다. 그러나 그 모임은 애초의 출발점에서 끝나고 말았다.

각자 자기 자신의 학문 영역에 어디까지나 머물러 있을 따름이었다. 남이 알고 있는 것, 또는 알고 있다고 생각하는 것에 대해서 자기 의견을 말하지 않았다. 냉담한 학자적 존경을 가지고 각자 타인의 의견만을 경청하였다. 그리고 자기 자신의 영역으로 돌아갔다.

이러한 모든 영역을 초월하는 곳에 지혜의 지혜다움이 있다. 현명한 사람은 타인의 지식과 경험을 중요시한다.

그는 자기 자신의 지적 습관에 사로잡히지 아니한다. 그는 지적으로 편협하지 않는다. 그는 부분에서 즉, 자기 자신의 추구에 가장 가까운 부분에서 보편을 발견하지 않는다. 학자라고 반드시 지혜롭지 않은 거와 마찬가지로, 성인들이라고 학식 있는 사람이 아닐는지도 모른다.

그러나 현명한 사람이 가지고 있는 지식은 모두 우리를 밝혀 주는 지식이다. 그는 사물을 다만 고립적으로 보지 않고 상호 관련성 속에서 본다. 그는 사물을 착실히 보고 또 전체적으로 보려고 한다. 자기를 타인에 관련시켜서 생각하는 사람의 태도 속에서 우리는 가장 지혜의 지혜다움을 발견할 수 있다. 어리석은 것과 자기중심적인 것은 서로 쌍둥이다.

어리석은 사람은 자기 자신의 이익의 견지에서만 타인을 본다. 그가 생각하는 것은 자기 자신의 이익이다. 그들은 자기 자신의 권외에 있는 타인의 생활을 이해하려고 하지 않는다. 타인이 어떻게 느끼고 어떻게 생각하든지 오불관^{吾不關}이다.

그들은 자기 자신 즉, 자기 자신의 세계와 자기 밖에서 있는 사람들을 포함하는 전체를 보지 못한다. 딴 것보다도 이러한 관계의 체계에 있어서 그들은 자기 자신의 특수성 때문에 보편을 무시하고 부정한다.

그러므로 자기 자신의 계획이 뜻하지 않은 영향을 일으킬 때 그들은 그 속에 막 휩쓸려 들게 된다. 그들은 무의미한 싸움을 일으킨다. 자기의 허망한 자만심과 그릇된 이익에 충성하기 위해서 분열을 절대화하고 보편의 진리를 깨뜨린다. 그러나 그들은 보편의 진리에서 피할 수 없다.

과거에도 왕왕 그랬거니와, 이것이 현대세계의 모습이다. 그러나 현대의 실패와 분노는 과거의 유가 아니다. 왜냐 하면 자기중심적인 집단, 저마다 분열해서 싸우는 집단들이 무서운 지배적 권력을 가지고 있기 때문이다.

또한 그들은 지혜의 빛이 부족하므로 공동으로 사용하고 있는 우주라는 큰 집의 기둥을 서로 뽑고 있다는 사실을 알지 못한다.

지혜만이 그 산물을 정당화할 수 있다. 지혜는 언제나 진실하였다. 지혜만이 어리석은 자와 현명한 자의 아들을 다 같이 구제할 수 있다는 것은 오늘날에 있어서도 진리다.

불안을 이기는 생명력

과학은 언제나 우주의 적은 일부분을 드러낸다. 그리고 우리의 애매한 신화神話에 갈수록 도전해 온다. 우리가 안다고 생각하는 형식에다가 자연을 언제나 조화시키려고 한다. 그러나 우리의 조그만 형식이 얼마나 불충분하다는 것을 우리는 발견을 통해서 알게 된다.

그것은 내가 청교도로서 자란 탓인지도 모르겠다. 또는 과거의 나와 같이 순진한 사람에게는 의례히 그런 문제가 생기는지도 모르겠다. 어쨌든 성性에 관한 어떤 질문은 젊은 시절의 나를 괴롭혔다.

모든 젊은이들이 성에 관해서 여러 가지 질문과 오해를 가지고 있는 것은 하늘이 아는 일이지만, 성은 아무도 물어보지 않는 것 같이 보이는 문제였다.

모든 인간은 불멸의 영혼을 가지고 있고 이 영혼은 무한한 가치라고 사람들이 가르쳐 주었다. 또 이 영혼은 축복 속에서 또는 저주와 암흑 속에서 '영원히' 살 운명을 지니고 있다는 것이다.

영혼의 운명은 불안정한 상태 속에 있었다. 신神 자신이 무한한 값으로 영혼을 구제하였다. 악마는 영혼을 빼앗으려고 맹렬히 싸웠다. 영혼을 가진다는 것은 무서운 책임이 따르는 일이었다.

이 세상에 태어나는 어린아이에게는 모두 영혼이 부여되었다. 남녀가 서로 성적 관계를 맺을 때 그것을 통해서 불멸의 영혼을 창조하는 힘을 가졌다. 이러한 지식은 나를 곧 혼란케 하였다.

또 이러한 지식은 결혼을 대단히 무서운 것으로 만드는 것 같았다. 이러한 지식은 사랑의 사상에다가 이상한 공포감을 주는 것이었다.

나는 곧 의문을 가지게 되었다. 그리고 이 무서운 신화神話를 포기하게 되었다. 그 이야기는 너무나 무섭고 기이하였다. 이 신화는 도무지 있을 수 없는 꿈같이 나에게는 생각되었다. 사막에서 묵상하는 사람이나 가질 수 있는 큰 악몽이었다. 그리고 기이한 목사들의 독단과도 같았다. 내가 알고 있다고 생각하는 실재의 세계와 그것은 너무나 먼 이야기였다.

그러나 이 신화의 배후에는 가치에 관한 하나의 암시가 있었다. 나는 그것을 설명할 수 없는 신념으로서 간직하였다. 방식은 그 전과 매우 다르지만 아직도 그 신념을 가지고 있었다. 인간의 노력의 목표가 될 수 있는 유일 진정한 선 즉, 유일한 근본적 가치는 인격 실현에 있다는 신념이 그 것이었다.

외부적 사물이나, 사물의 형식이나, 사물에 관한 이론이 나 또는 사물 이상의 힘에 있어서는 결코 그렇지 않지만, 가치는 인간을 위해서 오직 인간 속에만 존재하게 된다. 인간만이 가치의 소유자요, 인간은 자기 자신과 타인의 생명 가치를 증가시키느냐 감소시키느냐 둘 중의 하나를 언제나 택해야 한다는 신념이 즉, 그것이다. 이 양자 택일이란 인간이 세상과 관계를 가지는 방식이다. 대개는 타인과 서로 관계를 가지는 방식이다.

인간에게 있어서 그러한 모든 문제는 추구할 가치가 있다. 우리가 도달할 수 있는 것, 또는 도달하려고 하는 것, 우리에게 환영이 아닌 것은 모두 우리의 생활·향락·경험·인내, 그리고 인간 생활의 참여 속에서 실현된다.

이 신념은 이론의 가치가 적다고 주장하는 것은 아니다.

우리는 이론을 위해서 이론의 위대한 영광을 위해서 사는 것이 아니라고 이 신념은 말한다. 우리는 이론에 의해서 살되 이론을 위해서 사는 것이 아니라는 뜻이다.

어떤 무서운 권력의 명령 때문에 자기 신념을 포기하는 것보다는 차라리 자기 생활을 포기한다고 하자. 그것은 자기 정신이 그런 권력에 굴종하여 자기의 생활방식을 지도하는 신념을 배반한다고 하면 인생은 살 보람이 없다고 느끼기 때문에 분명히 그리하는 것이다. 그러나 이것은 여기서 논할 수 없는 별개의 문제다.

성에 관한 청년 시절의 고민 문제로 돌아가자.

인간의 모든 가능성은 성숙한 난자 속에 있다. 이 성숙한 난자는 난세포 속에 잠재해 있는 요소에서 자란 것이다.

그러므로 만일, 그 산물이 우리에게 있어서 유일한 근본적 가치 그 자체라고 한다면, 그런 가치의 가능성이 포함되어 있는 이 산물이야말로 가장 소중하게 대접해야 할 것이 아닌가?

아무런 결실에도 이르지 못하고 그것을 헛되이 소모시켜 버린다면 이에서 더한 부끄러운 것이 어디 있단 말인가?

그저 성욕의 요구대로 성을 만족시켜서 장차 인간이 될 그 귀중한 생명의 싹들을 무無로 돌아가게 하고 말다니?

언제나 이러한 가능성은 낭비되기 때문에 더욱 그런 감정을 느끼게 되는 것이다. 그것은 한 세대의 가능성이 아니고 여러 세대 즉, 끝없는 세계를 새로 창조할 수 있는 한 요소의 가능성이 아닐까?

나는 어려서 교육을 받을 때에 이러한 생각이 마음속 깊이 박히게 되어 일관된 영향을 갖게 되었다. 그러나 그것을 물리치는 일종의 지식이 나의 도덕주의에 반대하기 시작하였다. 생물학적 성질이 그 중요한 의논을 부정하였다.

이상하게도 생명의 중심에는 하나의 소비가 있는데 이 소비는 저축을 감소시키지 않는 소비이다. 아주 강조해서 말한다면, 그 저장을 증가시키지도 않고 보존하지도 않는 그러한 저축이다.

자연은 놀라울 만큼 섹스를 낭비한다

섹스는 때에 따라서 만족시켜야 하는 욕망이다. 자연은 인간에게 풍부한 섹스를 마련해 주었다. 자연은 놀라울 만큼 섹스를 낭비한다. 단 한 번만 사정하면 그곳에는 수백만의 정충이 들어 있다. 인간이 그것을 원하든 아니든 이 세력의 낭비는 막대하다.

남자의 일생 동안의 사정 양과 보통 여자가 생식 능력 기간 즉, 삼십 년이나 그런 정도의 기간에 한 달에 적어도 1개의 난자가 성숙한다는 사실을 가해 가지고 그 총계를 계산해 보라.

자연의 위대한 충동 밑에서 성행위가 영위되지만, 생식의 기능을 다하는 것은 아니다. 순전한 쾌락을 주기 위해서 또는 긴장을 풀기 위해서 성행위를 하는 경우도 있다. 남녀가 서로 강렬하고 독특한 친애감 즉, 그들의 모든 관계에 커다란 정서적 영양소를 주는 일체감을 가지기 위해서 성행위를 하는 경우도 있다.

이 점에 있어서 세련된 도덕가는 아마 그런 환상을 그릴 것이다. 이것은 우리들이 창조되는 방식이다. 그것은 선악과의 나무에 열리는 무섭고 놀라운 열매다. 성세포가 실제로 생식되는 비율은, 만일 여러 세대를 두고 본다면 무한하다는 사실을 우리는 부인할 수는 없다.

이 지식은 나의 이론을 혼란케 하였다. 만일 인간이 정말 '불멸의 영혼'이라면 이 세상에 나올 뻔했는데 나올 기회를 잃어버린 불멸의 영혼의 수는 바닷가의 모래알의 수보다도 많을 것이다. 수백만의 불멸의 영혼의 종자가 한 시간의 기쁨이나 일순간의 성욕을 위해서 낭비된다.

이러한 것을 생각할 때 불멸의 문제에 관해서 할 말이 없다. 그것은 전혀 딴 방향을 가지고 있다. 그것은 하나의 태도, 하나의 도덕 문제, 하나의 생물학적 사실, 아니 오히려 이런 것 끼리의 관계에 관심을 가지고 있다. 인간은 그렇지 못하지만 자연은 풍성하다는 것이 근본적 사실이다.

인간에게서 생명력을 빼앗는 여러 가지 과잉 상태가 있는 것도 사실이요, 또 인간의 부패를 일으키는 여러 가지 소비 방식이 있는 것도 사실이다. 또 우리가 지켜야 할 여러 가지 법칙도 있다.

그러나 이것은 별개의 문제다. 단순히 상술한 한계 내에서 본다면 금욕한다고 생명의 에너지가 보존되는 것도 아니요, 인격의 성실성이 보존되는 것도 아니다. 금욕은 생명의 에너지와 인격에 모두 불리할는지도 모른다. 그러므로,

금욕은 붉은 손발과 빛나는 머리 위에
모래를 심는 것이다. 그러나 만족된 욕망은
생명과 미의 씨앗을 심는다.

과학은 우주의 작은 일부분을 드러낼 뿐이다

청년 시절에 나는 블레이크의 이 시를 읽었을 때 남몰래 유쾌한 충격을 받았다. 그것은 내가 지금까지 배운 것과는 반대였기 때문이다.

그 시가 정말일까? 또는 반쯤 미친 시인의 영원한 법칙에 대한 반항일까? 그 시는 온갖 자의와 방탕에 문호를 개방하지 않았던가?

그것이 사실이라면 위대한 자연은 인간 자신의 자연 즉, 인간성과 한편이라는 것을 의미하고 있다. 적당한 한도 내에서라도 이러한 욕망을 채울 수 있으므로 인간에게 죄가 있다고 한다면 자연은 인간에게 등지는 것이다.

이러한 사상 속에는 자유의 감정이 있었다. 인간 자신의 본성도 딴 것이 아니라고 나는 절대적으로 생각하고 싶었다. 나는 그 사상이 좋았다.

그러나 나의 전통에서 온갖 인식을 물리치고 이 사상을 긍정할 마음은 없었다. 그러나 조금도 아낄 필요가 없는 신비한 세계의 장엄한 모습을 나는 헤아릴 수 있었다.

정말 조금도 아낄 필요가 없다. 그러나 좀 더 중대한 의미가 그 속에 포함되어 있었다. 이것이 불안을 가져왔다.

개인의 존재가 이처럼 하나의 우연이라면 개인은 어떤 관계가 있단 말인가? 천재일우의 행운을 만나야 겨우 탄생할 수 있는 이 생명의 운명을 위해서 신과 악마가 왜 싸워야 하는가? 인간으로 태어날 길을 잃은 생명들은 그 기회 때문에 불멸한 생명을 소유하지 못하였는가?

그러므로 자연의 표준에 의하면 불멸의 영혼은 값싼 것이었다. 몇십 억대의 비율로 그 생명은 소비된 셈이었다. 불멸의 영혼의 이론과 이러한 생명의 사실과를 나는 어쨌든 일치시킬 필요가 없었다.

분명히 그것은 가정이다. 존재의 영원성이 이렇게 괴의한 우연성에 의존할 수 있을까? 아마 이러한 생각에도 순진한 데가 있었는지도 모른다. 이러한 생각은 유익한 면이 없지 않았다.

즉, 낡은 이론이 우리의 온갖 행동에 부과하는 견디기 어려운 무거운 책임감을 풀어준 것은 이러한 사상이었다.

사업 관계에 있어서 자기 지위가 중요하다고 소위 득의만면한 인물을 만날 때 나는 가끔 '저 사람의 존재도 아주 우연한 기회에 지나지 않는 것이다·' 하는 생각이 왜 그런지 머리에 떠오르곤 한다.

우리가 많이 배우면 배울수록 이 우주는 우리가 도저히

이해할 수 없다는 것을 더욱 분명히 알게 된다.

과학은 언제나 우주의 적은 일부분을 드러낸다. 그리고 우리의 애매한 신화에 갈수록 도전해 온다. 우리가 안다고 생각하는 형식에다가 자연을 언제나 조화시키려고 한다. 그러나 우리의 조그만 형식이 얼마나 불충분하다는 것을 우리는 발견을 통해서 알게 된다.

과학은 사물의 구조를 약간 이해하고 있지만 언제나 역학力學이 과학을 괴롭힌다. 과학은 유기체의 진화를 설명할 수 있지만, 유기체가 어떻게 진화할 수 있는지는 대답할 수 없다. 과학은 과정을 더듬어 나갈 수 있지만, 그 기원에 이르러서는 대답이 궁하다. 과학은 우주의 쇠퇴를 그릴 수는 있지만 우주가 창조된 원인에 관해서는 모른다.

딴 종류의 동력 즉, 가치의 동력에 관해서도 마찬가지다. 우리의 가치를 가끔 가리우는 조직이 약하다는 것을 과학은 설명할 수 있다. 이것은 대단히 중요한 문제다. 왜냐 하면 그것은 어둡고 몽매한 미신에서 우리를 해방시켜 주기 때문이다. 이리하여 우리는 가치를 순화한다.

그러나 과학은 우리에게 새로운 체계를 세우려고 하지 않는다. 또 우리가 그 속에 안주할 가치를 우리에게 부여하는 것도 아니다. 그러나 가치를 순화시켜 주는 지식에 대한 우리의 존경의 염을 적게 해서는 안 된다.

'생명의 사실'에 대한 우리의 태도에서 우리가 노력해 온 점이 이것이다. 우리는 여러 가지 사실을 자신의 선입적 형식에 적응시키려고 하였다. 하지만 사실이 우리 선입 형식에 맞지 않을 때에는 그것을 숨기려고 하였다. 그 결과는 가장 불행하였다.

우리의 가치와 관계가 있는 사실과 대조시키기를 두려워할 때 우리는 가치를 믿지 않는다. 우리는 이 방면에 대해서 대단히 불쾌한 기록을 가지고 있다. 적어도 우리 자신에 관해서는 정직한 태도를 가지자.

아마 인간 생활의 딴 방면에는 이렇게 심한 진리의 왜곡이 없었을 것이요, 사실의 은폐도 없었을 것이다. 고등 정치는 아마 예외일 것이다.

우리는 성관계를 현명하게 지도하기 위해서 이상이 필요하다. 그러나 그 이상은 정직한 이상이라야 한다. 낡은 이상에는 모두 공포와 수치, 생명에 대한 공포와 수치가 혼합되어 있는 것이다.

사랑에 눈뜬 자는 고독한가

사랑은 가장 황홀한 경험이 될 수 있다. 그러나 자기 자신을 실현할 때만 그렇다. 당신은 사랑 속에 자신을 바쳐야 하지만 사랑 때문에 자기를 희생해서는 안 된다. 사랑은 받는 것보다는 사랑하는 것이 더욱 중요하다. 당신은 사랑할 때 사는 것이다. 그러나 사랑을 받지 못할 때 당신은 괴로울 뿐이다.

사랑에서 도덕을 끌어내지 말라. 그러나 더 사랑하라는 도덕만은 예외다. 사랑이 가질 수 있는 도덕은 이것뿐이다. 이 도덕이 관하는 한 그것은 좋은 도덕이다. 사랑이 주는 것을 제외하고는 사랑에게서 아무것도 기대하지 말라.

사랑은 그 자신의 문제를 제외하고는 아무 문제도 해결하지 않는다. 당신이 사랑에게 가져다주는 것이 많으면 많을수록 사랑은 당신에게 가져다주는 것이 많다.

영국의 한 문학자가 일찍이 말한 바와 같이,

"개미의 사랑은 헛된 것이다."

사랑은 가장 황홀한 경험이 될 수 있다. 그러나 자기 자신을 실현할 때만 그렇다.

진실하고 심각한 사랑을 하지 않는 사람은 그런 경험을 가질 수 없다. 그런 사랑을 하는 사람은 그것을 경험하겠지만, 그런 사랑을 하지 않는 사람은 반드시 실패와 환멸에 부딪힐 것이다.

당신은 사랑 속에 자신을 바쳐야 하지만 사랑 때문에 자기를 희생해서는 안 된다. 낭만적 사랑의 의의와 기쁨을 잃어버리는데 두 가지 길이 있다. 하나는 섹스 없이 사랑하는 것이요, 다른 하나는 섹스를 사랑의 기초로 삼는 것이다.

사랑을 논한 책은 부지기수다. 그러나 대개는 그런 점을 말해 주지 않는다.

사랑은 받는 것보다는 사랑하는 것이 더욱 중요하다. 당신은 사랑할 때 사는 것이다. 그러나 사랑을 받지 못할 때 당신은 다만 괴로울 뿐이다.

사랑한다는 것은 사랑 속에 있는 것과 결코 같지 않다.

새들은 사랑 속에 있을 때 노래한다. 그러나 날이 맑을 때엔 더욱 노래를 부른다.

섹스는 인생의 양극성의 원리다. 변화와 모험과 신생과 죽음과 모든 통일과 모든 투쟁의 원천이다.

섹스는 인간이 이해할 수 없는 불안한 비밀을 가지고 있다. 섹스는 무릇 일체의 생명의 근본적 비밀이다.

정열이라는 말은 사랑과 결부될 때 주로 정서적 폭풍·낭비·과잉의 관념을 전하게 되었다.

정열이란 말은 원래 고통을 참고 견딘다는 의미인데, 이렇게 되고 보면 말의 뜻이 이상하게 달라진 것이다.

정열에는 또 모든 위대한 헌신적 충성의 일면이 있다. 그러므로 정열은 존재 전체가 자기 욕망의 대상에 공명한다는 뜻이 있다.

성적 사랑과 종교적 정신은 이상하게도 서로 혼합되어 있다. 둘 다 동일한 정서적 원천 즉, 보다 더 깊고 밀접한 일체감에 대한 동경에서 나왔지만, 서로 기묘하게 섞이고 얽혀 있다. 그들은 또한 서로 왜곡하고 서로 무시한다.

원시생활에서 성적 충동과 종교적 충동은 잘 조화되어 있었다. 성 그 자체는 종교에서 큰 위치를 차지하였다. 일반적 상징, 수태, 축하 또 주신제酒神祭와 같은 축일이라고 생각되었다. 커다란 교회제도의 발생과 더불어 공적 종교는 성에 대한 공포감, 심지어 성에 대한 전율감, 또 무서운 결과를 초래하는 모순 상태를 나타내게 되었다.

순결은 헛된 이상일지도 모른다

육肉에 대한 공포는 원시 기독교의 이론 속에는 나타나 있지 않았다. 성 바울의 가르침 속에서 그 이론이 발전되어 초기 교부와教父 성자에 이르러 환상적인 단계에까지 이르게 되었다. 승려들의 독신제가 확립되어 이 이론을 강화하였다.

'육'에 대한 공포는 생명에 대한 공포와 아주 가까운 경우가 많다.

고다이바 부인Lady Godiva 같은 이가 —살결과 같은 빛깔의 내의를 입고— 코벤트리 거리를 말 타고 지나갈 때 승려의 한 떼가 '바보는 죄를 비웃는다'고 쓴 방패가 붙은 마차를 타고 그 행렬의 앞을 지나갔다.영국 전설에 나오는 이야기. 역자 주

소위 체내적 쾌락은 심령의 기쁨과 혼연일체가 되지 않는다면 스러지기 쉽다. 또 정신의 기쁨이 동반하지 않는다면 육체적 쾌락은 허무하다. 순결이란 말을 성적

행위를 완전히 절제한 상태라고 본다면, 순결은 모든 부정어와 마찬가지로 하나의 헛된 이상이다.

그것은 어떤 결정에서 생겼거나 또는 어려운 실패나 야비한 방탕에서 부당하게 반발하는 결과 생기는 것이다. 그것은 생명에서의 후퇴요, 부정의 신의 명령이다.

종족의 번식에 필요한 최소 정도로 성행위를 해야 한다는 원리는 꿀벌사회의 제도 속에서 완전히 찾아볼 수 있다. 일하는 암컷 벌은 성적 임신 능력이 없고, 일하지 않는 수펄 중에서 한 놈만이 성적 기능을 다하는데, 성적으로 발달된 여왕벌과 교미를 한다. 성능력이 있는 수펄은 한 번 생식 행위를 하고 나서는 생식기가 파괴되어 죽는다. 딴 수펄들은 벌집에서 쫓겨나서 굶어 죽게 된다. 성의 경제가 최고라 하겠다.

섹스는 많은 문제를 일으킨다. 그러나 한 가지 중요한 점에서 대단히 협조적이다. 추한 사람과 태도가 막연한 인물, 무능한 사람과 다루기 곤란한 사람, 같이 살기 쉬운 사람과 같이 살기에 곤란한 사람, 건강한 사람과 건강하지 못한 사람, 환경에 적응 능력이 없는 사람, 인생의 실패자, 그밖의 모든 사람, 그들은 거의 모두 성적 동맹을 맺는다. 그런 걸 원하지 않는 사람도 더러 있다.

그러나 대다수의 사람은 상호간에 경쟁하는 이 사회에서 살아가면서 서로 만났다가 헤어지는 기회가 대단히 많은 것이요, 누가 누구하고 서로 합해야 좋으냐에 관해서 아무런 원칙이 없는 것이 사실이지만, 서로의 대인관계는 큰 동요 없이 무난히 진행되고 있다.

4 스스로 선택한 불행을 넘어

낳아 번성하여 땅에 충만한 삶

생명은 살아 있는 이 세계 자신의 모험적인 창조자다. 또 이 모험은 끝이
없는 것이며, 이상한 여러 가지 변화를 통해서 새로운 발전을 지향한다.
이러한 모험을 가능케 하는 것은 재생산과 성과 죽음의 삼위일체다.

내 창문 밖에 한 그루의 나무가 서 있는데, 늘 줄기가 안
으로 뻗쳐 든다. 나는 겨울과 여름에 이 나무를 바라본다.

겨울엔 회색의 움이 수많은 나뭇가지 끝에서 한결같이
봄을 기다리고 있다. 겨울이 가면 이 움이 저마다 조그만
싹으로 눈 떠 꽃 포기가 될 것이요, 그리고 가을이 되면 불
그레한 열매로 익을 것이다.

열매마다 새 나무의 싹이 간직되어 있고, 이 싹에서 또다
시 새 열매가 생기고, 새 종자가 생기고, 새 나무가 생길 것
이다. 여러 세대를 두고 이렇게 계속 반복될 것이다.

이것처럼 평범한 일이 없지만, 또한 이것처럼 놀라운
일도 없다. 이 나무가 하는 일처럼 모든 생명은 영원히

되풀이한다. 그것은 자연의 첫째 가는 기적이다.

그리고 자연은 그것을 한없이 되풀이한다. 가장 미숙한 유기체도 가장 고도로 발달한 유기체와 꼭같은 신비한 힘을 가지고 있다. 한 가지 차이가 있다면 생명이 저급하면 저급할수록 그 생명은 그 종자를 소비적으로 생산한다는 점인 것 같다.

자연, 또는 생명이 살아 있는 존재에 대해서 어떻게 그처럼 특별한 방식으로 생명을 부여할 수 있는가? 우리로서는 도저히 이해할 수 없다.

생명이 없는 세계에 유리한 조건이 부여되면 생명조직을 가진 하나의 기본적 세포가 어떻게 발생할 수 있는가를 우리는 이해할 수 있다.

그러나 생명세포가 발생하였을 때, 자기 자신의 생명 형태를 영원히 계속할 수 있는 능력을 어떻게 해서 처음부터 가지게 되었는가, 이것도 우리가 이해할 수 없는 점이다.

그것은 하나의 신비다. 우리의 경이의 염念이 일종의 외경의 염으로 바뀔 정도의 신비다.

인간의 분석적인 정신으로 볼 때 여러 가지 공식의 생명은 언제나 신비가 아닐 수 없다.

인간의 풍부한 인식 능력과 사물을 설명하는 지혜를

가지고서도 이 점에 이르러서는 무가내하다. 모든 것이 응용된 힘, 또는 외부적 힘으로 인해서 움직이는 기계의 세계에서 인식 능력을 가진 인간은 그걸 잘 알고 있다.

그러나 힘이 그 속에 내재해 있고, 또 형태가 인간에 의해서 만들어진 것이 아니라, 자연히 진화된 유기체의 세계에서 인간은 그 해답을 여러 가지로 모색한다.

유기체는 재생산으로 생명이 계속되는 세계다. 무릇 생명은 어떤 필연성에 의해서 수명 기간을 유지한다. 무릇 일체의 생명은 출생에서부터 청년·성인기·노년을 통하여 부동의 코스를 달리는 하나의 과정이다. 아마 생명은 하나의 과정으로서의 의미를 제외한다면 아무 의미가 없다. 또 그 과정에는 언제나 재생산이 가능한 기간이 있다.

무릇 생명이 있는 자는 반드시 죽어야 한다. 또 생명이 없는 자에게는 죽음이 있을 수 없다. 왜냐 하면 죽음은 괴멸이 아니기 때문이다. 괴멸은 모든 만들어진 물건에나 있을 수 있다. 죽음은 오직 생명이 있는 자에게만 있다. 죽음은 한 과정의 정지다. 생명 현상의 종결이다.

죽음은 그 이상을 의미하지 않는다. 죽음은 폭력·파괴·공포와 반드시 관계를 가지는 것은 아니다. 생명을 위협하는 여러 가지 우연과 사건, 또 인간 자신의 전쟁의 참가,

인간이 아직 방지할 방법을 배우지 못한 여러 가지 질병에서 폭력·파괴·공포가 생긴다. 이런 것은 생명과 죽음의 내재적 관계에 속하는 것은 아니다.

재생산하는 능력 속에는 죽음의 필연성이 포함되어 있다. 종족이 불멸하려면 개인의 불멸이 필요하다. 우리는 불멸할 인간을 생각할 수 있다. 그래서 사람들은 그들의 신을 생각해 낸 것이다. 그러나 사람들은 하나의 논리적 과오 속에 빠지게 되었다.

즉, 신은 성교를 통해서 자기 종족을 재생산해 주는 존재라고 보았던 것이다. 재생산과 불멸은 양립할 수 없다. 그 결합은 완전히 불가능한 상태에 도달할 것이다.

그러나 우리는 그 이론을 이해하지 못한다. 재생산을 위한 중요한 방법 즉, 성교에 의해서 그 자손이 반드시 배로 느는 것은 아니다. 한 개인으로서 그는 자손을 가질 수 없다. 그의 유전은 딴 유전과 반드시 합해야 한다.

변화는 성의 법칙이다. 그것은 무한한 개성을 낳을 수 있고, 새로운 유전적 소질의 집단을 만들 수 있다.

그러므로 재생산에는 죽음과 동시에 무한한 신생新生이 따른다. 그것은 생명이 확립된 형식으로 굳어버리는 것을 막는다. 그것은 모든 모형을 깨뜨린다. 그래서 도자기

장인은 그 흙으로 새로 다종다양하게 영원히 만들 수 있다.

죽음이 새 생명을 낳는다

다음과 같이 생각해 보자. 만일 죽음이 없고 재생산이 없다면 어떻게 새로운 생명이 나올 수 있겠는가?

죽지 않고 주기적으로 자기 재생을 하는 일종의 유기체를 상상해 보라.

이러한 과정은 다만 본래의 자기를 회복할 따름이다. 자연이란 동일한 원형, 동일한 수의 동일한 원형이 한없이 되풀이되는 과정이다.

개인은 신생新生하겠지만, 그들의 세계·행동·질서의 권력의 방식은 변하지 않을 것이요, 시간의 경과와 더불어 방식은 진부하고 단조롭게 될 것이다.

또한 청년의 꿈도 없을 것이요, 기성의 사물에 대한 저항도 없을 것이며, 크고 새로운 움직임도 없을 것이고, 새로운 방식도 없을 것이요, 새로운 시야도 없을 것이다. 언제나 꼭같은 원형의 변화가 있을 따름이다.

시간이 별로 의미가 없을 것이다. 생명 그 자체도 점점 의미가 적어질 것이다. 최후의 도전도 없을 것이요, 절박한 감정도 없을 것이요, 비극적 문제도 없을 것이다. 여러 세대를 두고 천편일률적인 단조로움이 계속되므로 죽지 않는 생명들은 긴 동면에 빠질 것이요, 망각의 기간에 빠질 것이다. 그러나 여기서 벗어날 방법은 없을 것이다.

하나의 예외가 있다. 불멸한 인간의 수가 늘 계속할 것같이 우리들은 말한다. 그러나 그것은 확실하지 않다. 그 수는 증가하지 않고 점점 줄어들 것이다.

왜냐 하면 자기 재생의 능력이 있다고 해서 그들은 죽음에서 완전히 벗어나는 것은 아니다. 아마 자연적인 죽음은 없을 것이다. 다만 그런 의미에서 불멸할 것이다.

그러나 거기에는 유기체 자체를 파괴하는 사건과 불행과 여러 가지 형태의 폭력이 그대로 남을 것이다. 홍수와 지진, 난파와 번개, 그밖의 여러 자연력에 의한 이와 같은 불의의 죽음은 여전히 있을 것이다. 장구한 시간이 지나가면 자기 종족이 불원해서 사멸에 이르리라는 것을 알게 될 것이다. 또 무의미한 생명의 연속에 지쳐서 자연이 주고 싶어 하지 않는 죽음을 억지로 찾게 되는 사람이 많이 나올 것은 불문가지다.

자기 재생밖에 신생의 길이 없고, 어린아이도 없고, 생의 경이와 신비도 발견할 수 없고, 모든 존재 방식이 처음부터 결정되어 있고, 희망의 대상도 없고, 공포의 대상도 없는 세계에서는 그럴 수밖에 없지 않을까?

시인 밀턴Milton, John; 1608~1674. 영국 시인은 노래하였다.

> 그 맛을 본 결과
> 이 세계에 죽음과 온갖 고통을 가져온
> 금단의 나무 열매

그러나 죽음은 재생산의 반려요, 조건으로서 이 세상에 생긴 것이다. 그러므로 고통 이외의 여러 가지 사건이 지상의 인간에게, 특히 인간이라는 족속에게 생긴 것이다.

죽음이 없다면 새로운 세대가 있을 수 없는 것이요, 보람 있는 일이 있을 수 없고, 변화하는 시대의 신기한 재미가 있을 수 없고, 청춘도 유쾌한 모험도 있을 수 없고, 성도 있을 수 없고, 꽃이 피었다가 시들며 도처에서 다시 신생하는 온갖 미美가 있을 수 없다.

죽음과 재생산의 쌍둥이의 운명은 그밖에도 이 세상에 또 다른 의미를 가져 왔다. 그것은 인간 자신이 지상에서 가장 중요한 하나의 표본이라는 점이다.

왜냐 하면 성적 재생산은 무한한 변화의 능력을 가지고

있으므로 고도로 진화한 종種에 이르는 사닥다리를 만들었다. 그리고 창조적 진화는 이 종을 향해서 진화한 것이다. 진화에 의해서 대단히 놀라운 새로운 생명의 형태에 도달한 결과 우리가 소유하고 있는 최고의 지성은 무한한 시간을 경과하는 동안에 생명의 화학적 성질을 아는 단계에까지 이른 것이다.

또 그와 동시에 이러한 모든 사물을 이해, 탐구하는 지성도 진화하였다. 이 지성이야말로 인간 자신의 불굴의 정신이다.

생명의 능력은 어디서 와서 어디로 가는 것인가

이러한 발전은 마치 '창조적 진화'의 결과인 것처럼 우리는 말하였다. 그러나 그렇게 말하는 것은 우리가 자신의 무지를 가리우려고 하는 말의 한 솜씨에 지나지 않는다. 이러한 종의 진화가 어떻게 해서 과거에 생겼고, 또 현재도 생기고 있는지 우리는 알 수 없다. 우리는 그 과정만을 약간 알고 있을 뿐이다.

그러나 그 과정의 계속적 단계를 구별할 수 있을 정도로 알고 있을 따름이다. 그것은 성적 재생산이 원동력이었다. 아니 오히려 진화 능력을 주기 위해서 있는 특별한 방법이었다. 그러나 그 힘의 본질이 무엇이며, 또 그 힘은 어디 있는가?

우리는 생명을 가진 존재의 가장 단순한 형태를 연구할 수 있지만, 그 본질을 발견할 수는 없다. 우리는 그것을 전연 알 수가 없다. 다만, 창조적 진화란 이런 것이라고 우리는 말할 따름이다.

생명은 우리가 이해할 수 없는 것임을 알 수 있다. 생명과 의식, 또는 정신 그리고 그 현상은 우리가 약간 설명할 수 있을 뿐이다.

우리는 생명의 유래를 알 수 없다. 어디서 와서 어디로 가는지를 알 수 없다. 철학자나, 과학자나, 신학자들도 이 물음에 대해서 대답할 수 없다. 대답할 수 있다고 단순히 생각하는 사람이 없는 것은 물론 아니다.

이 지구상에 생명이라는 것이 없던 때, 유구한 시대를 두고 이 힘은 어디서 잠을 자고 있었던 것인가?

지구 건너편에 있는 무한한 우주에서 적당한 탄생의 기회가 오기를 기다리고 있었던가?

이 힘은 예정된 시간까지 잠재해 있던 일종의 물리,

화학적 실재라고 생각하면 어떨까? 그러면 비존재와 영원한 수면간의 차이는 무엇일까?

존재에 도달하지 못하는 이 생명의 능력은 어디서 와서 어디로 가는 것인가?

이런 것을 아무리 생각해 봐도 그 실마리를 찾을 수 없으므로 우리는 우리의 좁은 지식의 영역으로 돌아간다. 우리의 풍성한 생명의 집인 지구는 그 위에 생명이 존재할 수 없는 단계에 이르기까지 아마 수천억 년을 경과했을 것이다. 이 현세의 관점에서 본다면 이것은 우리로서 이해할 수 없을 정도의 아득한 시간이다.

그렇다면 지구는 짧은 시간에 놀라운 진화를 한 셈이다. 극히 짧은 시간 동안에 인류는 달라져서 큰 변화를 할 수 있었던 것이다.

생명은 우주의 신비다. 생명은 하나의 에너지며, 이 에너지는 스스로 증가하는 것이요, 그 과정에서 새로 변화하는 형식의 무한한 체계를 건설하게 되어 도리어 놀라운 재능을 가진 동물에까지 도달한 것이다. 만일 우리가 이것을 에너지라고 칭한다면, 이 에너지는 우리가 알고 있는 딴 에너지와 여러 가지 이상한 차이가 있다.

생명은 살아 있는 이 세계 자신의 모험적인 창조자다.

또 이 모험은 끝이 없는 것이며, 이상한 여러 가지 변화를 통해서 새로운 발전을 지향한다.

이러한 모험을 가능케 하는 것은 재생산과 성과 죽음의 삼위일체다.

죽음은 일체의 종말을 짓는 어려운 부정이거니와 이 죽음이 없다면 위대한 모험이 나오지 않았을 것이며, 또 이 모험은 미지의 방향을 향해서 발전을 계속할 수 없을 것이다.

순간의 잠과 끝없는 죽음

잠은 어둠과 침묵과 후퇴의 시간이다. 어두운 침묵 속에서 잠은 신선한 내일을 준비한다. 죽음은 권태를 느낀 자, 피곤한 자, 괴로워하는 자의 최후의 안식이다. 또 죽음은 새로운 세대를 통해서 이 세계에 신생新生의 길을 준비한다.

생과 사의 의미를 가장 친절하게 해석해 주는 것은 수면이다. 생명의 시간에 경계선을 긋는 세 가지 종류의 수면 중의 마지막 것이 다름 아닌 죽음이다.

처음에 우리는 수면에서 깨어난다. 그리고 최후의 우리 생명은 '수면으로 둘러싸인다.'

최초의 수면이 언제 시작할는지 아무도 말할 수 없다. 대단히 복잡한 과정으로 자궁 속에서 인간의 생명을 만드는 동안에 수면이 쌓여 새로 탄생되는 어린애의 울음 소리와 더불어 수면은 아마 끝날 것이다.

마지막 수면으로 생명의 경험은 끝난다. 그것은 영원히 잠드는 것이라고 생각된다. 그것은 우리가 살기를 중지하는 순간이라고 해도 좋다.

이 두 가지가 이상하게 상반되는 잠 중에서, 우리가 처음 깨어나기 전의 수면과 다시 깨어나지 않는 수면에 대해서 우리는 아무것도 알 수 없다. 우리가 그날의 안식과 하루의 회복을 얻을 수 있고, 또 아침 다음에 밤이 오듯이 늘 되풀이되는 보통 수면과는 대단히 다르다.

그러나 그날 그날의 수면은 우리가 잘 알고 있는 바이지만, 몇 가지 질문을 던지면 우리는 대답할 수가 없다.

18세기의 철학자들은 '정신은 언제나 사고하고 있느냐?' 이런 문제를 가지고 논의하였다. 사고하고 있다고 보는 측에서는 다음과 같은 점을 지적하였다.

즉, 잠을 잘 때 우리는 가끔 꿈을 꾼다. 그런데 잠에서 깨어나면 우리는 꿈을 꾸었다는 생각을 가지지만, 꿈의 내용을 우리는 기억하지 못한다는 것이다.

또 하나의 주장은 이렇다. 미해결의 문제를 가지고 논쟁을 하고 난 뒤에 가끔 잠이 들었다가 깨어보면 그 문제가 해결되어 있는 것을 발견한다는 것이다.

그러므로 아마 정신은 언제나 활동하고 있는 것 같다.

그러나 깊은 잠에 빠지면 그 활동의 기억이 표면에 나타나지 않는 모양이다.

우리가 아무리 피곤하건 꿈속에서 우리 사상은 활발하게 활동하고 상상력은 깨어 있을 때보다도 더 자유로운 활동을 할 수 있다.

꿈은 무한한 환상을 낳고 숨은 기억의 내용을 자유로 사용한다.

의식 그 자체는 결코 피로를 느끼지 않으며 근육과 신경이 수면 중에 쉴 때에는 의식은 다만 어두운 잠재의식 속으로 후퇴하는 것이 아닌가?

이러한 결론에서 우리는 이상한 생각에 도달할 것이다. 즉, 우리는 그 내용을 표현할 정당한 말이 없다고 추측하게 된다.

'정신精神: Mind'이라는 이 어려운 말은 어떤 의미에 있어서는 '물질'과 마찬가지로 불멸한 것 같다. 다만 그 형식, 사물의 진화, 건설된 사물의 형태―그 속에는 우리가 육체와 정신이라고 칭하는 유기적 결합도 포함된다. 그 본질이 무엇인지 우리는 모르지만 그렇게 칭한다―는 스러질 운명에 있다.

아마 '정신'과 '육체'는 동일한 실재의 양 측면일 것이다.

적어도 그럴 것이다.

이러한 추측은 그만두기로 하더라도 유기체에 있어서 의식의 여러 가지 표현은 육체의 화학적 변화에 대응하는 바가 많다는 것을 우리는 알고 있다.

예를 들면 대단히 효력 있는 맥각균麥角菌의 산물을 우리가 먹으면 1그램의 만분지 1만 먹어도 반쯤 미친 듯한 이상한 태도와 보통 아닌 성적 행동을 능히 일으키게 할 수 있다. 선인장의 엑스제를 먹어도 인간의 태도에 현저한 어떤 변화를 일으킬 수 있다.

일정한 분량의 마그네슘을 먹으면 어머니는 어린 자식에 대해서 불쾌감을 느낀다. 그리고 딴 조건하에서는 반대 효과를 나타내어 전혀 모성애를 느끼지 않던 동물에 대해서 모성애를 가지게 할 수 있다.

몇 분 동안, 몇 시간 동안, 또는 영원히 의식을 아주 말살시킬 수 있는 약이 있는 것은 말할 것도 없다. 몸에 아무 해를 끼치지 않고 잠을 잘 수 있는 이러한 약을 어느 분량만큼 먹으면 죽음이라는 잠을 잘 수 있다.

그러므로 죽는다는 것은 의식이 다시는 유기체 속에 일어나지 않을 정도의 깊은 잠에 빠지는 것이다. 인간의 사색의 역사를 통해서 잠과 죽음은 깊은 관계가 있다고 생각되어 왔다. 그래서 시인 호머^{그리스의 고대 서사시인}는 죽음은 염치 없는 잠이라고 하였던 것이다. 잠을 가리켜서 '죽음의 자매'라고 하였다.

잠을 작은 죽음과 같다고 하였다. 잠과 죽음과의 비유는 또한 생명 활동에서 각각 실현하는 기능에 적용할 수 있다.

잠은 좋은 강장제다. 낮 동안의 노고와 시끄러움에서 해방시켜 주는 것이 잠이다.

어두운 침묵 속에서 내일을 준비한다

잠은 어둠과 침묵과 후퇴의 시간이다. 어두운 침묵 속에서 잠은 신선한 내일을 준비한다. 우리는 그와 동일한 기능을 죽음 그 자체로 돌릴 수 있지 않을까?

죽음은 권태를 느낀 자, 피곤한 자, 괴로워하는 자의 최후의 안식이다.

죽음은 새로운 세대를 통해서 이 세계에 신생의 길을 준비한다. 죽음은 결국 모든 주권과 세력, 동맥이 경화한 모든 독단적인 체계, 사물의 질서를 경화시키는 모든 제도와 세력을 제거한다.

잠은 모든 사람을 평등하게 만든다고 말할 수도 있다.

"잠은 목자와 임금님, 범인과 현인을 평등하게 만드는 저울이요, 힘이다, 죽음에 관해서도 그렇게……"

한다고 단언을 내릴 수 있다.

왕권과 왕관도
반드시 무너지므로
결국은 빈약한 모습이나 호미와
다를 것이 없나니라.

이러한 비유를 진일보해서 다음과 같이 말해도 무방하다.

일체의 꿈은 죽음의 잠으로 화하고 마는 것이다.

그러나 죽음이라는 그 잠에는 꿈이 없다. 그 속에는 불안한 자취도 없고 긴장과 공포의 세력도 없다. 우리는 생명에서 유령으로 돌아가기 때문이다.

이제는 뜨거운 햇빛을 두려워할 것도 없고, 사나운 동장군冬將軍을 무서워할 필요도 없다.

당신은 이 세상의 직분을 다하였으므로 이제 가정의 보금자리는 사라지고, 당신은 인생의 빚을 다 치른 것이다.

그러나 우리는 그 빚을 생애 동안에 모두 벌었다가 써버린다. 그러므로 가지고 갈 것이 없다. 인간이 죽음이라는 자기의 유구한 집으로 돌아갈 때 더 보수를 받을 것도 없고 더 빚을 치를 것도 없다.

그의 귀는 인생의 꾸짖음과 칭찬에 대해서 마이동풍이다. 그가 해놓은 일은 좋은 것이건, 그른 것이건 뒤에 살아남아 있는 사람이 거두는 것이다. 이 종말은 아주 간단하다.

하지만 우리는 그것을 받아들이려고 하지 않는다. 인간은 죽음에다 온갖 환상을 수놓는다. 우리는 죽음을 다채로운 빛깔로 물들여서 불안한 귀신이니, 죄로 신음하는 정신이니, 무덤 저쪽의 심판날이니, 망각의 강을 건너서 있는 음침한 나라니, 사자의 소생할 길 없는 영혼의 영원히 거처할 지옥이라고 하였다. 오늘날 이러한 신화를 문자 그대로 믿는 사람은 거의 없다.

그러나 그 비슷한 생각은 그대로 남아 있다. 해가 지는 것처럼 아주 자연스럽게 죽음에 대해서 그런 예상과 어두운 불안의 생각이 따라 다닌다.

우리가 죽음에 가까워진다는 것은 괴롭고 슬픈 일이지만 죽음 그 자체 속에는 두려워할 것이 없다. 참으로 두려워할 것은, 죽을 때가 오기도 전에 그만 요절해 버리고 마는 것이다.

피가 따뜻하고 맥박이 강한데, 사고나 폭동이나 전쟁으로 인해서 죽는 것, 이것이야말로 우리가 모두 간절히 피하고 싶은 일이다.

생명의 능력이 병이나 신경의 불안으로 인해서 고갈하여 자기를 실현하지 못하는 것, 바로 이것이 비극이다. 이와 같은 죽음은 결코 잠에다 비유할 것이 아니다. 새로운 과학적 지식을 적용하면 수명의 기간을 늘일 수 있다. 요절함으로써 많은 사람을 구해 낼 수 있다. 이 방면의 진보는 앞으로 무한할 것이다. 대다수의 인류는 인생을 노령에 이르기까지 살 수 있다고 당연히 기대할 수 있다. 또 동일한 과학적 진보는 그전에 우리를 괴롭혔던 여러 가지 악을 노령에서 해방시켜 주고 있다.

인간은 그만 잘못하여 이 지평선상에 어두운 구름을 일으키게 하였다—원자탄의 투하를 말한다^{역자주}—그 결과 인간의 발명 중 가장 혁명적인 발명, 원자에서 생기는 절대한 힘은 오직 평화적 목적을 위해서 사용해야 된다는 것을 확신하게 되었다.

그 어두운 구름은 지나가 버릴 것이다. 최후적인 집단 대학살을 우리는 결코 자유롭게 할 수 없을 것이다. 만일 이것이 사실이라면 승리의 죽음의 괴로움이 반은 없어지고 맥을 못 쓰는 때가 반드시 올 것이다. 그때에는 죽음은 과거에 비해서 정말 수면에 가까워질 것이다.

그러나 우리가 대결해야 할 그밖의 위험과 모험은 여전히 존재할 것이다. 하지만 대다수의 사람에게 있어서 인생은 충실해질 것이다. 결국 생명은 권태에 빠지면 벽에 얼굴을 돌리고 최후의 수면인 죽음을 맞이할 것이다.

영원한 신의 목소리

미래의 종교는 이해의 종교가 될 것이다. 미래의 종교는 우주의 모습을 생각할 때 느끼는 조용한 탐구적인 기쁨을 북돋우고 우주 도처에서 발견되는 우주의 깊이와 높이를 탐구할 것이다. 미래의 종교는 이러한 지식을 인류와 관계를 짓게 할 것이다. 하나의 인류를 하나의 자연과 결합시킬 것이다.

나는 솔직 대담한 태도로 종교를 말하고 싶다. 사람들이 종교에 대해서 될수록 정직한 태도를 가지는 것은 매우 중요한 일이다.

현대 세계에서 종교에 대하여 발생하고 있는 사건의 주요한 원인은 대다수의 사람이 종교에 대해서 정직한 태도를 취하지 못하는데 있다. 그들은 종교를 정면으로 대하려고 하지 않았다.

수백만의 인사들이 정통파 기독교의 천국 지옥설을 믿는다고 신앙 고백을 한다. 문자 그대로 그것을 믿고 사람답게 행동하고 생활하는 사람을 나는 알지 못한다. 거기에는 말하기 곤란한 무엇이 있는 것이 틀림없다. 정말은 믿지 않는 것을 믿는다고 해두는 것이 더 안전한 모양이다.

그러나 만일 실재감을 가지지 않는다면 그것은 정말 그들의 종교가 아니다. 그래서 그들은 그 문제를 목사에게 맡겨둔다. 그러나 그들의 창백한 신앙의 희미한 피난처가 인간의 생활 원리가 되는 신앙 구실을 할 수는 없다.

일상생활의 경우를 생각해 보자. 큰 한재旱災가 났을 때 비를 오게 해 달라고 기도를 올리고, 큰 고난을 당하였을 때 구제해 달라고 기도하는 것은 극히 자연스럽고 또 피치 못할 일이다. 그러나 우리의 기도가 열렬한 소원, 마음에서 나오는 하나의 부르짖음 이상의 것이 될 수 있을까?

우리가 그것을 기도라고 이름할 때 그것은 무슨 의미가 있는가?

우리가 고난 속에서 신의 이름을 부를 때 우리는 누구에게 이야기를 하는 것인가?

우리와 전능한 영靈 사이에 일종의 무선無線의 회화를 하고 있다고 우리들은 정말 믿는 것인가?

신도들의 모임에서 비를 오게 해 달라고 기도를 올릴 때 어떤 초월적인 힘이 우리에게 역사役事하여 우리를 위해서 자연의 코스를 변화시키게 해 달라고 부탁을 드리고 있는 것인가?

아주 무지몽매한 사람을 제외한다면 여호수아의 이야기, 그가 적을 전멸시킬 때까지 태양이 기베온에 머물러 있어 달라고 기도한 이야기를 곧이 믿는 사람은 한 사람도 없으리라.

우리들의 편리를 위해서 태양이 가만히 한곳에 머물러 있어 달라고 우리는 기도하지 않는다. 우리는 영원한 여름을 달라고 기도하지 않는다. 별의 영원한 운행을 멈추어 달라고 기도하는 이는 없다. 이러한 기도가 얼마나 우스꽝스러운가는 우리가 잘 알고 있는 바다.

우리는 좀 더 겸손하다. 우리는 초월적 전능자에게 자연의 법칙을 조금만 중지시켜 달라고 기도한다. 아마 중지시켜 달라는 것이 아니라, 우리 능력 밖에 있는 주재主宰의 힘이 좀 역사해 달라고 할 따름이다.

우리의 열렬한 소망과 간절한 요구는 우리의 기도가 된다. 우리가 여러 가지 간절한 기도를 올릴 때 우리는 인간적이다. 너무나 인간답다.

전선에서 싸우는 병사의 어머니는 아들이 총에 맞아 죽지 않게 해 달라고 기도를 올린다. 달리 방도가 없으니까 기도를 드리는 것이다. 그 여자의 아들은 살아남는다. 자기의 기도를 들어주신 것이라고 어머니는 생각한다.

그러나 이 어머니가 아들을 살려 달라고 기도를 올렸기 때문에 신이 적의 총수의 목표를 혼란케 만들었거나 폭탄에서 피하게 한 것이라고 우리는 믿을 수 있는가?

그러면 신은 포탄이 다른 사람을 명중시키게 하였단 말인가? 그러나 맞아 죽은 사람의 어머니들도 또한 기도를 올렸을 것이 아닌가?

힘들 때 필요한 위대한 보호자

옛날 희랍의 한 성인이 바다의 신, 포세이돈^{Poseidon}의 신전을 방문하였다는 이야기가 있다. 난파를 모면한 사람들이 포세이돈 신에게 바친 봉헌액을 보고 그는 이렇게 물었다.

"물에 빠져 죽은 사람들의 봉헌액은 어디 있느냐고?"

인류는 종교에 대한 선천적인 갈망을 가지고 있다. 햇빛이나 조용한 비와 같이 인간에게 도움이 되는 것, 폭풍이나 질병같이 위협을 주는 것, 파종기와 수확의 신비, 생명과 죽음, 이러한 커다란 힘 앞에 설 때 여러 가지 모험으로 고민을 겪게 되면 인간은 암흑의 세력에 대항하는 위대한 보호자를 간절히 원한다.

하지만, 그는 그것을 알 능력이 없다. 그러니까 믿는 수밖에 없다.

인간의 지각이 증가함에 따라서 딴 소원을 품게 된다. 고독하다는 것, 혼자 고립해 있다는 것이 그의 두려움이 된다. 그는 타인과 아무리 가깝더라도, 그의 가족과 아무리 친근하더라도 그는 여전히 혼자서 인생의 여러 가지 문제를 처리해야 한다.

인생에는 여러 가지 이별이 있고 갖가지 슬픔이 있다. 그의 고통은 자기 혼자 겪는 고통이다. 자기 혼자서 죽음의 골짜기에 간다. 또 경우에 따라서는 크나큰 죄악감에 사로잡히는 때가 있다.

그는 위대한 신의 보호를 간절히 원할 뿐만 아니라 자기를 알아주기를 갈망한다.

그는 위대한 신과 사귀기를 원할 뿐만 아니라, 영적 교섭을 원하고 신에 속하는 자가 되기를 원한다. 그는 확신과 마음의 평화를 원한다.

그의 사색과 상상은 어떤 점에서 이러한 요구에 응답하였다. 모든 사회와 종족에서 불가지자不可知者에 대한 지식이 생겼다. 예언자와 목사에 의해서 이 지식은 어떤 형식을 가지게 되었다.

이러한 사람들이 그 설명자가 되었고 수호자가 되었다. 그 지식은 결국 권위를 가지게 되었다. 이 지식은 신성한 것을 다루기 때문에 그 자체가 신성한 것이 되었다. 이 지식은 신성한 경지에까지 이르렀기 때문에 그 자체가 신성하였다.

이와 같이 하여서 종교의 영원한 길이 창조되었다. 위대한 통찰자의 직관 속에서 위대한 종교가 새로 탄생하였다. 회심回心과 정복의 길고 이상한 과정을 통해서 종교는 넓은 지역으로 퍼졌고, 신앙 속으로 침투해 들어갔다. 그 종교는 전파할수록 발달하였다.

그러나 주로 서양에서 교회주의와 권력이 결부된 훌륭한 조직이 건설되었다. 문자화하고 법률화하였으므로 그 종교는 정통주의가 되었다. 이 정통주의의 배후에는 조직신학이 있는데, 이 정통주의는 인간 정신의 위대한 산물의 하나라 하겠다.

종교의 이러한 침투에는 여러 가지 해악이 따르게 되었다. 체포·강제·박해·사회의 진보적 세력을 사로잡은 것 등이다.

이러한 해악은 서양사에 기록된 어두운 한 페이지다. 결국 종교적 정통주의의 정치적 세력은 무너지고 말았다.

서양 대다수의 사람은 종교를 이미 권위 있는 것으로 받아들이지 않았다. 법의 처벌을 가져온다거나 신의 분노라는 최후의 운명을 초래하는 위험한 경우에는 그 진리는 문제가 되지 않았다.

권위 있는 신학은 모든 죄 가운데서 불 신앙을 으뜸가는 죄로 보았다. 그리고 폐쇄된 정신을 지배하게 되었다. 여기에서 미신과 교만과 무한한 잔인함이 생기게 되었다.

이러한 정통파는 종교에 침투되었을 뿐만 아니라 단순한 신앙의 기쁨을 말살해 버렸다. 단순한 종교는 미지자未知者에 대한 공포를 경감시켰다.

또 사람이 나고 죽으며, 어린애를 생산하는 등의 신비와 부딪쳤을 때 신념을 줄 수 있었다. 때에 따라서 종교는 무서운 신들을 달래는 한 공식에 불과하였다. 종교가 최고의 형태에 이를 때 만물을 주관하시는 사랑의 신, 또는 일체를 포함하는 통일자統一者라는 사상을 낳게 되었다.

그러나 신학은 '구원받은 자'와 '저주받은 자' 사이에 확연한 금을 그어 놓았다. 그리고 죄의 뜻을 과장하고, 지옥의 무서운 그림을 그려 놓았다. 무서움에 떠는 '불멸의 영혼'은 이 지옥에 가게 된다는 것이다. 또 신성한 성자가 여럿이 살고 있는 파라다이스도 희랍인의 극락정토에 대신하는 것이었다.

종교를 구하는 인간의 영원한 비극

과학의 발달이 우리에게 가져온 최대 공헌의 하나는 오랫동안 인간을 괴롭혀 온 사후의 생명에 관한 무서운 환상을 없이 한 점이다. 그것은 단순한 인간의 환상으로서 우리의 무지한 인종들이 미래의 허무한 장막에다가 생각해 낸 신화神話라는 것이 드러났다. 이로써 위대한 불가지자에 대한 공포는 제거되었다.

세상 사람들은 종교를 갈망하고 있다. 그렇지 않다면 자기 자신의 관념, 자기 사고방식, 자기 인생 경험과 반대되는 그러한 신념을 믿으려고 하지 않을 것이다.

그렇지 않다면 마술을 만드는 목사들이 인간의 정신을

모욕하는 따위의 유치한 말을 믿으려고 하지 않을 것이다.

그렇지 않다면 인간에게 아무런 의미가 없는 형식과 환상을 여러 세기 동안 계속해서 품을 리가 없다. 우리가 살고 있는 그 형식과 관념은 이 현대의 역사와 환경과는 아주 멀리 떨어진 옛날 사람들의 관념을 표시한 것이다.

시대의 경과와 더불어 이러한 관념은 신성한 옷차림을 하고 모든 지식을 초월한 진리의 권위를 가지고 우리에게 임하게 되었다.

이 진리는 인생의 불안정과 고독과 비극에 대한 최후의 대답이었다. 그 대답의 성질은 그리 중요한 것이 아니었다. 우리는 그것을 이해하지 못할는지 모르지만, 그것은 종교의 근본에 있는 신비다.

만일 옛날의 예언자나 목사가 현대과학이 우리에게 제시하는 놀라운 우주에 관한 지식을 이미 알고 있었더라면 신과 우주에 관해서 그들이 인정한 그런 이론을 과연 갖고 있었을 것이라고 우리는 생각할 수 있을 까?

지구는 하나의 조그만 유성으로서 은하의 거대한 운행에 비할 때 먼지 정도밖에 안 된다는 것을 기적적으로 알게 되었다고 상상해 보자.

인간은 이 지구상에서 수백만 년에 걸친 생명의 진화의

한 산물이요, 산물치고서는 가장 뛰어난 산물이지만, 무수한 진화적 생명의 한 종種에 지나지 않는다는 것을 알았다고 상상해 보자.

폭풍과 질병과 곡식을 전멸시키는 해충이 나타나는 자연의 여러 과정을 그들이 알았다고 상상해 보자.

그렇다면 그들의 종교는 딴 방향을 취했을 것이다. 그들의 강한 허영심에도 불구하고 전능한 신은 질투하고, 설법하고, 부모의 죄를 자식에게까지 끼쳐 주고, 자기의 선민選民을 약속한 땅에까지 이끌어 가고, 우주의 비밀을 그 민중의 예언자의 귀에다 말해 주는 그런 종족적 신이라고 생각하지는 않았을 것이다.

아버지 되는 신께서 자기네 올림푸스 산상에 자리를 정했다고 그들은 생각지 않았을 것이다. 또 그들의 신을 인간 자신의 형상대로 만들지 않았을 것이요, 또 그들의 모험과 계획과 사랑에 관한 기담은 말하지 않았을 것이다.

우주의 신께서 '자기의 독생자獨生子'를 인간의 몸으로서 이 세상에 보내어 구속의 신비한 원리에 의해서 인류를 건지기 위하여 십자가에 못 박게 했다고 대담한 상상력을 가지고 그렇게 생각하지는 않았을 것이다.

그들은 모든 공간을 세 가지 층 즉, 우리들 위에는 독신

자의 영혼을 구제하기 위해서 눈부신 천사들이 기다리고 있는 천국이 있고, 우리 중간지대 밑에는 암흑의 왕이 다스리고 대다수의 저주받은 인간들이 영원한 고통을 받기 위해서 가는 지옥이 있다고 생각지는 않았을 것이다.

또 그 교리를 믿는다고 선언한 사람들이 교만한 목사에게 교리를 물을 만한 용기를 가졌던 그들의 형제들을 괴롭히고 화형에 처하지는 않았을 것이다.

여기에 종교를 구하는 인간의 영원한 비극이 있다. 마땅히 살아 있어야 할 나무가 딱딱한 모양이 된다. 종교의 화석化石에서 꽃이 피고 열매가 맺는 것은 아니지만, 이것을 부지런히 가꾼다. 종교의 형식은 신성하다고 하지만 그 정신은 죽었다.

인간의 정신과 심령의 온갖 위대한 표현 가운데서 종교만은 자유로운 성장이 허락되지 않는다. 종교가 발생하고 인간을 종교에 붙들어 맬 때 종교는 정통주의의 테두리 속에 관료화되고 압축된다. 종교 형식의 신성성은 종교를 지키는 사람에게 신성성을 부여한다. 이리하여 신생新生은 파문을 당하고 생명은 쇠퇴해진다.

무릇 사물의 정신을 파괴하는 길은 그 사물을 신성화하는 것이다. 종교의 규범과 제도와 구조와 이론을 신성시하라. 그러면 그 종교는 그것에 사로잡히게 된다. 그것은 불변하게 되고 발달할 수가 없고 새로운 영향을 받으려고 하지 않고 엄격해진다.

당신은 자기의 신을 신성시할 수 없는 거와 마찬가지로 종교를 신성화할 수 없다. 그러나 그 신조·교회·성직의 질서는 신성화할 수 있다. 종교의 옷을 신성화할 때 종교의 생명을 죽이는 것이다.

종교의 필요와 종교의 요구

종교의 필요와 종교의 요구는 시대에 따라서 별로 변하지 않을는지 모른다. 그러나 종교의 표현은 우리 자신의 경험에 공명하지 않는다면 그만큼 의의가 적어진다. 우리가 사용하는 표현은 과거의 권위를 가지고 우리에게 임한다. 표현은 경험에서 생생한 향기를 발하였다.

그러나 그 경험은 우리의 경험이 아니다. 우리는 '서투른 입술로 낡은 말을 사용한다. 이 말은 강할는지 모르지만 별로 의미 없는' 이야기를 하는 것이다.

신성한 성자들은 자기에게 주어진 것을 받아들인다.

그들은 신부들의 책을 들고, 교회의 학문을 받아들이고 옛날 회의에서 정한 신조를 받아들인다. 그것을 설명하고 해석하는 것이 그들의 할 일이다. 만일 대담하다면 그것을 재해석한다. 전제는 주어졌다. 그들은 결론을 끌어내기만 하면 된다. 그들은 그 학문의 미숙한 점을 그럴 듯이 꾸미고 불합리한 점을 잘 설명하고 과학적 불합리를 합리화하려고 한다. 그들 중에서 완고한 사람들은 중세기 성자의 입장을 취하려고 한다.

불합리하기 때문에 나는 믿는다.
불합리가 그들에게는 신앙의 신비가 된다.

그러므로 창조적 표현 방식이 새로운 발전을 향해서 자유로 움직이고 시대의 변천에 따라서 새로운 성과를 가져오지만, 종교 관념은 자기 자신의 과거 속에 틀어박혀 있다.

인생의 경이에 대한 새로운 반응, 큰 법칙을 가진 무한한 포괄적 전체에 대한 인간의 관계를 나타내려는 새로운 노력은 방해를 당한다. 거기에는 아무런 감수성이 없다. 그러므로 아무런 영적 교통이 없다. 이러한 교통의 자유가 없으면 창조적 충동은 방향을 잃거나 말라버리고 만다.

소수의 대담한 인물들에 관한 이야기를 떠나서 옛날 교전^{教典}에 관한 주석과 설명과 해석과 재해석을 가지고 있다.

그 견해는 생기가 없다. 인간들은 그것을 정말 믿지 않는다. 그러나 때로는 감히 불신하려는 것도 아니다. 그들은 신앙과 불신앙의 어두운 경계선에서 생각하고 생활한다. 그들은 정신적 빈혈병자이다. 그들의 약한 눈으로 볼 때 이 어두운 지역에 일종의 기쁨이 있고 사회적인 보증이 있고, 또 힘이 있다.

문명사회의 많은 지역에서 공적인 종교는 세력을 잃었다. 아직 세력이 강해 보이고 국민들이 일요일이면 교회에 몰려가는 나라에서도 종교는 행동과 사상에 대해서 별로 영향을 주지 못한다.

옛날의 종교는 어떤 요구를 만족시키기 위해서 생겼다. 그와 동일한 요구를 만족시키기 위해서 새로운 종교가 일어나야 할 것이다. 영속적인 종교적 충동의 새로운 구체화가 있어야 한다.

종교의 새로운 형식이 낡은 형식에 대치될 것이며, 되어야 한다는 관념은 대다수의 사람에게는 괴로움이요, 충격이다. 그러나 그들로 하여금 그것을 잠깐 동안 생각게 하라.

우리의 현재의 종교는 대개 수천 년 전의 것이다. 수 세대
가 지나는 사이에 종교에 대해서 어떠한 일이 발생하였는
가를 생각해 보라.

인간은 비교적 지상에 오랜동안 살아왔다. 수 세대가
지나는 사이에 어떤 일이 일어났는가 생각해 보라. 오늘
날의 교리가 지금부터 1천 년, 1백만 년 뒤의 사람들의
교리가 될 수 있다고 누군가 생각할 수 있는가?

현대인은 시대에 뒤떨어진 우주관, 신성에 관한 의인관,
기성 교리의 대부분을 차지하는 원시적 직관을 품을 수
없다는 것이 아주 명백하게 되고 있다. 그와 동시에 우리가
얻은 새로운 지식과 넓은 시야는 종교에 대신할 만한 것이
못 된다. 그러한 시야와 지식은 초창기 과학의 만족할 만한
대리인을 파괴한다.

처음에 인간이 가스와, 압력과, 분자와, 별과, 유성과,
동물의 진화와 지구의 장구한 역사의 반향에 관해서
무엇을 배우기 시작하였을 때, 우주를 이해하는 열쇠를 우
리는 이제 파악하였다고 느낀 사람들이 있었다.

우주는 정밀한 메커니즘이었다. 그 구조를 그들은
배우고 있었다. 또 생명 그 자체는 이러한 온갖 위대한

메커니즘 가운데 정말 신기한 부분이었다. 메커니즘의 그 부분이 움직이는 원리를 다아윈Darwin, Charles Robert, 1809~1882: 영국의 진화론자은 발견하지 않았던가?

인간이 좀 더 알게 되었을 때, 과학이 깊은 지식의 세 계 속으로 깊이 파고 들어갔을 때, 이러한 사색은 쇠퇴하였다. 과학은 인간의 심령의 가장 절실한 문제에 대해서 아무런 대답을 주지 않는다.

과학은 목표가 아닌 과정을 말한다

과학은 목표를 말하지 않고 과정을 말한다. 가치를 말하지 않고 법칙을 말한다. 어떤 과학자는 자기 자신을 '유물론자'라고 칭할 것이다. 그러나 그의 과학은 그것이 무엇을 의미하는지를 말하지 않는다. 그렇다면 물질이란 무엇인가?

공간의 회전 속에서 여러 유성을 거느린 태양이 나온 것이요, 우리 자신의 유성이 냉각되었을 때 생명의 기원에 필요한 조건을 주었다. 육지와 바다가 합하는 최초의 니토泥土에서 처음으로 조그만 유기체가 나왔다. 그리고 그 연속의 끝이 오늘날에 이르러 인간이 되었다. 그러므로 신은 불필요한 전제다, 이렇게 말한다면 어떨까?

그러나 이러한 말의 배후에는 무엇이 있는가?

인간이란 무엇인가?

신이란 무엇인가?

최초의 니토, 과연 기름진 그 니토는 무엇인가?

기록을 회고해 본다면 이상과 같이 말한 것이 틀림없다고 할 수 있다. 우리가 알고 있는 것은 그것이 그와 같이 발생했다는 것뿐이다. '반드시'라는 말은 지식의 잘못된 추산이다.

과학은 우리의 궁극적인 문제를 하나도 대답해 주지 않는다. 과학은 사물의 과정^{how}을 보여 주려고 하는 것이지 사물의 원인^{why}을 보여 주려고 하지 않는다.

과학은 생명 진화의 기구를 더듬어 나간다. 과학은 어째서 생명이 진화하였는가에 관해서는 설명하지 않는다.

유기체는 자기와 같은 종류의 종자를 풍성하게 몇 세대를 두고, 아마 영원히 가지고 있다는 재생산의 비밀을 설명하지 않는다. 경이는 그대로 남아 있다. 지식과 더불어 경이는 더해 간다. 이 이상 더 똑똑히 설명할 수가 없다.

유기체는 처음 우리들의 무지한 눈에 비치었을 때, 보다 더욱 놀랍다는 것이 드러난다. 이것을 메커니즘이라고 불러 두자. 그렇다고 그것에 무슨 차이가 있는가?

만일 우주가 그렇게 구성되어 있다면, 그 경이는 그렇게 하라 하시니 그렇게 되었다고 말한 옛날의 신의 낡은 관념보다 백 배나 더 하지 아니한가.

그것을 모두 물질로 돌린다고 하자. 그렇다면 또 이것은 어떤 종류의 변형인가? 경이를 말로써 감추니 우리들은 얼마나 현명한가?

그 덩어리가 가장 많이 모이면 어떤 부분이나 에너지로 되는 이 물질이란 과연 무엇인가? 만일 빛의 속도에 의해서 만물에 한계가 생긴다면, 만일 무한소無限小도 무한대와 동일한 법칙을 따른다면 우리가 '물질'이라고 안심하고 생각하는 이 물건은 무엇인가?

만일 의식이 물질 세계의 한 속성이라면—심지어 이런 말을 사용하는 것이 지식도 없이 의견을 어둡게 하는 것이지만—그것은 현재의 상태와는 다른 것이 아닐까? 어떤 새로운 사실을 우리는 이해하는가?

그것이 하늘처럼 높다면
당신은 무엇을 알 수 있는가?

명토冥土보다 깊다면
무엇을 알 수 있는가?

우리가 물질을 논하고 신을 논한다고 해서 우리가 그 전보다 더 현명해지는 것은 아니다. 그것은 우리의 지식이 아니며 우리의 태도와는 다르다. 그러나 우리는 아무것도 설명하지 못하거나 또는 이해하지 못한다.

만일 우리가 신을 운운할 때 특별한 창조자, 위대한 정신을 의미한다면 우리는 그 문제는 전과 마찬가지로 내어버려 두자. 그것은 대단히 신비하니까 그 뒤에 지성이 있어야 한다고 우리는 말한다.

이와 같이 해결하기 어려운 인간의 질문은 대답에 더 가까운 것은 아니다. 우주는 스스로 존재할 수 없다고 우리는 생각한다. 그렇다면 누가 우주를 창조했느냐고 묻게 된다. 아마 그 물음 자체가 인간의 환상일지도 모른다.

누가 우주를 창조했느냐고 우리가 물을 때 우리는 다만 미지의 경이와 기지의 경이를 교환하는데 지나지 않는다. 미지의 경이를 내세운다고 문제가 해결되는 것은 아니다.

누가 제일의 지성First Intelligence을 창조하였는가? 자족성自足性을 대서특필한다고 그것이 설명되는가? 그 길에는 끝이 없고 시작이 없다.

만일 우리가 정신을 가지고 있다면, 우리에게 있어서 존재는 경이에 가득 차 있는 것이요, 또 필시 그럴 것이다. 우리가 이러한 궁극적 질문을 제출할 때 우리는 사실 어린애나 다름없다.

종교의 정신은 사물의 커다란 경이에 있다. 종교가 되기 위해서 우리는 정신을 가지고 생각해야 하는 동시에 심령을 가지고 사고하여야 한다. 고대의 예언자들은 그들의 신을 명상하였다.

인간은 이 세계 앞에서 벌거숭이였다. 온갖 종류의 부속과, 질병과, 폭풍과, 밤의 공포와 폭동과 돌연한 죽음 때문에 괴로워하였다. 경이보다도 공포가 앞을 섰다. 인간은 위대한 보호자를 원하였다.

그러나 인간은 보호 이상의 것을 원하였다. 그는 영적 교섭을 원하였다. 위대한 종교는 이 요구를 만족시키기 위해서 생긴 것이다.

이 요구에 대한 대답은 그 당시의 여러 가지 선입관념에 의해서 제한을 받았다. 위대한 예언자들도 이 한계를 넘어설 수는 없었다. 또 만일 넘어설 수 있었다 하더라도 사람들은 그들의 말을 들을 힘이 없었다. 이러한 선입관념은 벌써 우리의 것은 아니다. 새로운. 경험, 새로운 지식, 새로운 조건, 새로운 시야가 우리 앞에 열린 것이다.

우리는 여러 가지 눈을 가지고 세상을 본다. 만일 우리가 오늘날 신의 개념을 가진다면, 그것은 옛날 사람들의 것과는 매우 다를 것이다. 그렇지 않다면 우리는 기도하기 위해서가 아니고 믿기 위해서 눈을 감는다. 우리의 신앙은 도피 위에 서 있다.

미래의 종교는 새로운 요소가 필요하다

장차 새로운 형태의 종교가 오늘날의 종교에 대치되리라고 말하는 것은 분별없는 이야기가 아니다. 미래는 현재의 단순한 투영이 아니다.

현재는 무한한 시간을 통해서 뿌린 무한한 수확의 씨에 지나지 않는다는 것을 우리가 깊이 생각한다면 그밖의 다른 견해는 모두 불합리하다.

종교는 죽지 않을 것이다. 종교는 맹목적인 인간들의 손에서 수많은 고난을 겪어 왔으므로 장차 반드시 불멸할 것이다. 먼 미래는 우리가 상상도 할 수 없지만 가까운 장래의 종교는 경험과 지식의 확장과 일치될 것이다.

　미래의 종교의 정신은 종족적이 아니고 우주적일 것이다. 왜냐 하면 태양이 지구의 주위를 돌 것도 아니며, 인간이 무한한 사물의 체계의 근본 관심이 되지 않을 것이니까.

　미래의 종교는 도그마dogma: 독단를 섬기지 않을 것이다. 미래의 종교에 대해서 설명하는 이는 있겠지만 권위를 내세우는 자는 없을 것이다.

　미래의 종교는 기지旣知의 세계에서 신비를 발견할 것이다. 우리가 신의 이름을 부를 때 보통 의뢰하는 무한한 미지의 세계에서 신비를 발견하지는 않을 것이다.

　미래의 종교가 가르치는 도덕의 기초는 영원한 진리에 뿌리를 박고 있을 것이다. 예를 들면, 인간 생활에 중대한 의미를 가지는 시간의 한결같은 방향이다.

　미래의 종교는 이해의 종교가 될 것이다. 미래의 종교는 우주의 모습을 생각할 때 느끼는 조용한 탐구적인 기쁨을 북돋우고 우주 도처에서 발견되는 우주의 깊이와 높이를 탐구할 것이다. 미래의 종교는 이러한 지식을 인류와 관계를 짓게 할 것이다. 하나의 인류를 하나의 자연과 결합시킬 것이다.

　미래의 종교는 모든 혼란을 인식하고 그것을 넘어설

것이다. 우리에게 기쁨을 주는 방법과 우리를 건전케 하는 방법을 미래의 종교는 알고 있을 것이다. 그것은 용기와 힘으로써 생명력이 약동할 것이다.

미래의 종교는 여러 나라 국민에게 여러 가지 언어로 이야기할 것이다. 독단적이 아니기 때문에 국민들을 분열시키지는 않을 것이다. 그것은 자유로 자랄 것이다.

미래의 종교는 신성의 개념을 확대시킬 것이다. 그것은 일체에 내재하는 신이요, 우리는 이 일체 속에 속한다.

미래의 종교는 제사와 큰 향연을 가질 것이다. 시와 예술을 가질 것이다. 인간의 일생에 있어서 기념할 만한 일이라든가 전환점이 되는 일, 탄생과 죽음과 결혼과 그밖에 기쁨과 슬픔의 시간을 새로운 빛깔로 장식할 것이다.

미래의 종교는 지혜를 탐구할 것이요, 또 모든 변화 속에서 인간을 영원과 대화시킬 것이다.

미래의 종교는 새로운 요소가 필요하다. 인간의 정신을 사로잡는 모든 종교와 마찬가지로 그 비결을 가지고 있을 것이다. 그 비결은 위대한 예언자의 직관이다.

미래의 종교의 비밀은 미래만이 드러낼 수 있을 것이다.

고독한 자들의 미래는

현대와 같은 시대에 우리는 특별히 반성적 사색을 할 필요가 있다. 우리는 우리 자신의 가치와 타인의 가치에 대해서 눈을 넓게 뜰 필요가 있고, 가장 높은 의미에 있어서 옳아야 하고. 또 그러기 위해서는 자기 자신의 방식대로 사색하고. 자기 자신의 생활을 할 수 있는 권리를 타인에게 자유로 허락해 줄 필요가 있는 것이다.

철학자란 지혜를 사랑하는 자라는 뜻이다. 누구나 슬기로운 자가 되기를 원치 않는 사람은 없을 것이다. 또 지혜 있는 자가 될 수 있는 방법만 안다면 누가 그것을 바라지 않을 것인가?

지혜는 인간이 추구할 수 있는 행복의 조건이 아닌가? 또 만일 인간이 어디서나 행복을 찾을 수 있다면, 인간은 어디서나 지혜를 찾을 수 있다고 왜 말할 수 없을까?

지혜를 사랑하고 지혜를 찾는 것보다 더 훌륭한 인간의 목적이 무엇이겠는가?

그러나 지혜는 추구하기가 아주 곤란하다. 우리는 지혜에 이르는 길을 발견하지 못하는 것 같이 보인다. 왕왕 우리는 무슨 일에 전심한 뒤에, 만일 우리가 좀 더 현명했더라면 그렇게 하지는 않았을 터인데 하고 후회하게 된다.

어디에 지혜가 살고 있는지를 우리가 알만큼 현명하지 못하다는 것이 우리의 괴로움이다. 지혜를 추구하는 방식을 우리는 알지 못하므로, 지혜에 대한 사랑도 우리 마음 속에 결코 생기지 않을 것이다.

유명한 철학자라고 칭하는 사람들이 있다. 그들은 사물의 체계에 관해서 체계적으로 사색하는 사람들이다.

가까운 것과 먼 것, 인간과 대우주, 가치와 실제를 논하려는 정성된 노력은 분명히 지혜의 추구다. 그 결과 우리가 어디에 도달하건, 또 추구해서 세운 체계가 아무리 부적당하건 그것은 지혜의 추구다. 지혜의 추구는 분명히 인간의 정신이 종사할 수 있는 최고의 일이다.

지혜의 추구를 하는 자는 그 탐구의 도상에 어떤 모험과 곤란이 따르건 주저하지 않았다. 그들은 장엄한 지적 전망을 우리에게 제시하였고 인간의 여러 가지 사상에 도전하였다. 그들의 결론이 인정을 받건 인정을 받지 않건 개의치 않았다. 낡아빠진 전통과 신화를 맹목적으로 받아들이고, 고대 정통주의 완고한 정신에서 그들은 인간을 해방시켰다.

그러나 그들은 낡은 정통주의 대신에 새로운 정통주의를 세우는 결과로 끝나는 일이 너무도 많았던 것은 유감된 일이다. 지혜의 추구에 따르는 여러 가지 어려움에 주저해서 그렇게 된 것은 아니다. 그 어려움이 다른 곳에 있다는 것을 미처 그들은 알지 못하였기 때문이다.

철학자들은 왕왕 목표에 도달하기 전에 목표를 이미 발견하였다. 그들은 지혜의 애호자로서 출발하였지만, 자기 자신의 지혜의 애호자로서 끝나지 않았다.

그 말이 무슨 뜻인가 하면, 그들은 자기가 해결할 수 없는 문제에 궁극적인 대답을 그럴듯하게 선언하였다는 뜻이다. 그들은 이를테면 자기가 탐구하지 못한 영토의 지도를 우리에게 내놓은 셈이다. 그들은 커다란 문제를 제시하고 그것을 사색할 정도만큼은 지혜를 사랑하였다.

모든 사물은 하나의 커다란 통일을 이루고 있다는 것, 또 각각 다른 여러 방면의 지식을 넘어서 전체라고 하는 커다란 관계를 인식해야 하는 것을 인식하는 직관력을 그들은 가지고 있었다.

그러나 이러한 인식에 도달하는 방도를 제기하지 않고 그들은 왕왕 자기 자신도 알 수 없는 것, 도저히 자신이 이해할 수 없는 것을 자신있게 독단적으로, 또 교만하게 예언하는 자가 되었던 것이다.

철학자 플라톤의 지혜

철학사哲學史가 시작된 이래 철학이 걸어온 길은 이와 같았다. 희랍 초기 철학자들은 신학神學을 포기하고 철학을 연구했는데 우주에 관해서도 열심으로 사색하기 시작하였다. 어떤 원리가 일체의 사물을 지배하고 있다는 전제에 그들은 놀라움을 느꼈다.

그리하여 거기에 대한 대답을 곧 발견하였다. 만물은 다만 어떤 특별한 원리의 다종다양한 표현에 지나지 않았다. 그 특별한 원리를 어떤 이는 '공기'라고 하였고, 어떤 이는 '물'이라고 하였다. 또한 어떤 이는 '흙'이요, '불'이라고 하였다.

그 후 좀 더 위대한 철학자들이 나타나게 되었다. 이

철학자들도 동일한 충동을 가지고 있었지만, 이러한 대답이 너무 경솔하다는 것을 알았다. 그들은 좀 더 의의 있는 해결을 탐구하였다. 어떤 이는 그것을 '운동'이라고 보았다. 어떤 이는 '투쟁'이 만물의 아버지라고 보았다.

이러한 철학자들 중에서 가장 위대한 이는 플라톤Platan B.C. 427~347 고대 그리스의 관념론 철학자이었는데, 그는 더 넓은 개념을 가지게 되었다. 사상이 물질적 대상과 어떠한 관계가 있을까 하고 생각하게 되었다.

다수의 일시적인 사물 속에서 형상이 어떻게 자기 자신을 드러내고 일관한 상태로 있는가. 또 개니, 사람이니 하는 다수의 존재가 있고, 그것이 모두 서로 다른데도 불구하고 '개의 본질' 또는 '인간의 본질'은 동일한 성격을 가지고 있는 것은 어찌된 셈인가 하고 생각했다.

또한 여러 가지 종류의 사물에 동일한 상태 또는 속성이 붙는다. 그래서 진眞이냐, 위僞냐, 미美냐, 추醜냐, 선善이냐, 악惡이냐 하고 가르는 것은 어찌된 까닭이냐고 그는 생각하였다.

이것은 그저 무의미한 질문이었을까? 결코 그렇지 않다. 만일 우리가 그 의미를 파악한다면 그것은 근본적 문제다.

인간은 가버린다. 그러나 '인간의 본질'은 그대로 계속한다. 개는 비교적 잠깐 동안 살아 있지만, '개의 본질'은 변하지 않는다. 미는 시들지만. 미와 추, 진과 위는 이 세상에 영원히 존재한다.

이런 점에 관해서 사색한 것이 플라톤의 지혜였다. 그러나 자기가 발견한 대답을 무제한하다고 주장한다는 것은 억측이 아니었을까?

보라, 일관하게 남는 것이 실재다. 또 그것은 형상이요, 이데아idea : 관념요, 원형이다. 쓸어져 버리고 마는 것은 비실재다. 영구한 보편의 단순한 반영이요, 그림자다. '개의 개다운 본질', '인간의 인간다운 본질'이 실제다. 눈에 보이지 않는 모든 추상이 보통명사의 의미다.

그러나 인간은 확실한 것, 궁극적인 것 —아직 아무것도 발견할 수 없다—을 탐구하는 욕망은 대단히 강하다. 그 결과 만일 플라톤이 이러한 사물을 사색하는 데 그쳤더라면 다만, 흥미 있는 여러 가지 가능성만을 암시하고, 그대로 내어버려 두었더라면 플라톤은 그 훌륭한 명성을 차지하지 못하였을 것이다. 또 그는 그 당시에서부터 오늘날에 이르기까지 일관해 온 한 학파의 설립자가 되지도 못하였을 것이다.

그 후 시대가 내려옴에 따라서 여러 철학자는 통일된

코스를 따라갔다. 먼저 어떤 철학자들은 자기 추측을 이론으로 만들고, 여기에다가 인상적인 논리의 옷을 입혀 보았다. 그 다음에 그의 제자들이 나와서 근거 없는 그 체계를 자꾸자꾸 높이 건설한다. 그때에 또다른 새로운 철학자가 나와서 반대 이론을 내세운다.

예를 든다면, 일체의 사물은 '물질'이라고 첫째 번 철학자가 주장한다면, 둘째 번 철학자는 일체는 '비물질적'이요, '정신적'인 것이라고 선언한다. '물질'이 무엇이고 정신이 무엇인지 아무도 모른다. 그러나 새로 나오는 철학은 언제나 그 전의 철학에 대해서 효과적으로 반대할 수 있다. 그뿐만 아니라 그 전의 철학이 부정한 것을 다시 주장할 수 있는 유리한 점을 가지고 있다.

플라톤이 도달한 결론은 이런 것이었다. 그는 인간 즉, 개인을 만물의 척도로 삼은 피타고라스Pythagoras B.C. 582~497와 소피스트를 공격하였다. 여기에 대해서 플라톤은 이렇게 주장하였다. 즉 체계는 영원한 형상의 일시적 구현에 지나지 않다는 것이다.

이리하여 그것이 오늘날에까지 이르렀다. 모든 철학자들 중에서 가장 무섭고 가장 자부심이 강한 이는 헤겔Hegel이었다.

헤겔은 추상抽象, 이념적인 것the ideal을 예찬하는 데 있어서 플라톤을 능가하였다. 전 우주는 영원한 '이성'이 현상적 존재로 나타난다는 것이었다. 만물은 절대 속에 요약되고 완성되었다. 정신이 지구에 대한 승리적 행진, 이것이 인간의 역사였다. 그것은 분명히 하나의 인상적인 사상이었다.

또 만일 헤겔이 지혜의 진정한 애호자였더라면, 그 의미를 더욱 탐구하려고 하였을 것이다. 그러나 그러지 않고 그는 자부심이 가득찬 독단의 세밀한 체계를 세웠다.

그 후에 칼 맑스Karl marx가 나타났다. 누구나 말하는 바와 같이 그는 헤겔을 거꾸로 세워 놓은 셈이다.

역사는 과연 영원한 법칙의 표현이었다. 그러나 역사를 지배하는 세력은 '정신적'인 것이 아니고, '물질적'이었다.

그가 말하는 '물질적'인 것의 의미는 딴 것이었다.

철학에 있어서의 최근의 이론은 여성의 유행처럼 거의가 곧 사라지게 되는 것과 같다. 수많은 철학자들이 인간은 영원 속에 산다고 보았거니와, 최근에 이르러 베르그송Bergson과 같은 새로운 이단자가 나타났다. 진화는 창조자와 같은 작용을 하는데, 낡은 세계와는 관계가 없는 새로운 세계를 전개시킨다고 보았다.

그 다음에 사르트르Sartre가 나타나서 '실존주의'를 주장하고 인간은 격동하는 순간 속에서 살아간다고 말하였다.

최근의 이러한 철학들의 훌륭한 장점은 그들이 궁극성을 가지지 않는다는 점이다. 신학神學과 달라서 그들은 신성성을 주장할 수 없다.

그러나 한번은 역사에서, 아마도 한 번쯤은 완전한 철학적 독단은 도구로 화했고, 이 도구에 의해서 그 신봉자의 일파들이 굉장한 세력에 도달하였다. 또 하나의 독단이 세력을 잡게 될 때 신성한 것이 되고, 국민의 정신을 가두는 감옥이 된다. 이것이 맑시즘이다.

우리 모두는 하나의 철학이 필요하다

어떤 타잎의 철학자의 교만과 거짓된 박식 때문에 우리가 철학의 가치를 헛되게 생각한다면 우리는 큰 잘못을 저지르는 결과가 된다.

우리에겐 모두 하나의 철학이 필요하다. 철학의 필요를 거의 느끼지 않는 것같이 보이는 사람들도 철학이 필요하다. 우리는 모두 자연과 인생에 대해서 어떤 개념을 가지고 있다. 또 철학은 우리들의 거친 사색의 좁고 경박한 세계에서 우리를 건져낼 수 있다. 그러나 우리는 철학과 소위 철학사에 큰 인물로 통하는 유명한 사람과 동일시해서는 안 된다.

철학의 진정한 역사는 사물의 체계와 사물의 인간의 생활에 대한 관계에 관해서 인간이 사색한 역사다. 그러나 이것은 너무 방대한 문제이므로 여기에 쓸 수 없다.

모든 시대, 모든 사회의 온갖 종류의 인간의 여러 가지 억측이 그 속에 포함될 것이다. 민간전승民間傳承, 우화, 격언, 환상, 시, 예술 속에 숨어 있는 지혜가 그 속에 포함될 것이다. 과학자나 세상사에 경험이 많은 사람들이 자기가 알 수 없는 커다란 세계에 관한 감상을 자기 경험의 세계에서 끌어내리려고 할 때 그들이 도달한 사색의 내용이 그 속에 포함될 것이다.

또 우주를 다스리는 정신이나, 힘이나 원리에 관한 그들의 지식 —적어도 그러한 관념이 신학으로서 체계화되고 신성화되기 전의 지식을 표현하려고 한 신화와 우화가 그 속에 포함될 것이다. 그뿐만 아니라 철학의 전통적 역사 속에서 우리는 두 종류의 사상가를 구별할 수 있을 것이다. 플라톤과 그와 비슷한 사상가 헤겔과 맑스는 근대의 두드러진 대표자다―가 한 종류에 속하고, 소크라테스와 아리스토 텔레스와 또 베이컨 및 데카르트에서 시작하는 근대의 사상가들이 딴 종류에 속한다.

전자는 우주의 내부적 비밀을 알고 있다. 선악과는 그들의 품속에 떨어졌다. 그들은 천재들이요, 또 놀라운 통찰력을 가지고 있다. 그들은 높은 기술을 가지고 추리력을 사용한다. 그러나 직관적으로 파악한 그 이론의 중요한 전제는 확실하다고 믿는 확고한 억측 위에 서 있다.

다른 부류의 철학자는 좀 더 겸손하다. 더욱 관대하다. 궁극적 진리는 아득한 지평선 저쪽에 존재한다는 것을 그는 알고 있다. 인간이 생각할 수 있는 경이를 그는 의식하고, 무엇이나 이해할 수 있다. 자기가 미소한 한 존재로서 속하고 있는 대우주의 일부분을 어느 정도 이해할 수 있다.

그는 사물의 여러 가지 관계를 알려고 하는 탐구가다. 인간과 세계와의 관계, 생물과 비생물의 관계, 정신과 물질과의 관계를 그는 생각한다. 그는 시간의 흐름, 생성과 존재 변화와 불변 존재가 언제 어디서 생겼는가에 관한 어두운 경이에 대해서 사색한다.

그는 그런 모든 문제를 생각하지만 자기가 알고 있는 지식에 비추어서 생각하고 새로운 증거를 자유로 받아들이는 정신을 가지고 사색한다. 그는 지식을 넘어서 지혜를 탐구한다.

그러나 지식을 통해서 지혜를 탐구한다. 또 지식만이 지혜가 아니라는 것을 그는 언제나 알고 있다. 그는 조화감을 가지고 있다. 또 지식만 가지고는 인간의 정신을 전문적인 것에 얽어맬 위험이 있다는 것을 알고 있다. 그는 가능하다면 전체를 이해하려고 한다.

이것이 제2의 타잎의 철학자다. 그러나 제1과 제2의 두 가지 타잎의 속성을 다 가진 철학자도 있다.

예를 들면, 스피노자Spinoza와 칸트Kant는 위대한 체계가였다. 그러나 헤겔이나 맑스와 달라서 그들은 탐구 갱신을 가진 겸손한 사람이었다. 나중에는 독단주의자로 화하였지만, 창조적 시기에는 제2의 타잎에 속하였던 사람들도 있다.

불행하게도 더 명성을 얻고 더 큰 영향을 끼친 이는 독단적 경향이 강한 사상가였다. 새로운 시야를 약간 제시해 주는 철학자의 조용한 지혜보다도 영원한 법칙을 주장하는 철학자의 권위 있는 주장에 대해서 인간은 더 강한 인상을 받는다.

또 때에 따라서는 명예욕이 궁극적 확실성에 대한 인간

의 사랑과 결합하여 철학자들로 하여금 탐구가의 겸손한 옷보다도 예언자의 옷을 더 원하게 할는지도 모른다.

그러므로 교만한 철학자가 역사상에서 더 큰 인물로 나타난다. 그들은 절대를 논하는 자다. 정신이 우주를 다스린다. 또는 물질이 일체를 다스린다고 그들은 알고 있다. 정신은 물질의 그림자와 같은 춤에 지나지 않는다는 것을 그들은 알고 있다. 또 그들은 우주 전체를 '피가 통하지 않는 범주의 유령 같은 무용'으로 돌려버린다.

철학은 증명에 이르는 길을 알지 못한다

유전遺傳이 인간 형성의 결정적 요소다. 또는 환경이 가장 큰 역할을 한다고 그들은 알고 있다. 또 그 힘이 역사의 중요한 열쇠라고 한다. 또는 그렇지 않고 경제적 요소가 역사의 열쇠라고 주장한다.

독단적이 된다는 것은 편협해진다는 것이다. 철학적 편협과 사회적 편협은 비슷한 점이 많다. 나치스의 이론가들이 헤겔의 국가이론을 계승한 것은 우연한 일이 아니다.

맑스의 편협은 공산국가의 숙청과 집단수용소와 철의

장막 속에 나타나 있다.

독단적 철학자는 그들이 지니고 있던 이름에 불충하였다. 독단주의자는 벌써 지혜의 애호자가 아니다. 그는 지혜를 더 추구하지 않는다. 지혜는 여러 사물을 여러 가지로 전망하는 것이다.

지혜는 사물의 적당한 균형과 그 사물은 자기가 속하고 있는 가장 큰 통일체에 대해서 가지고 있는 관계를 발견하려고 한다.

이러한 탐구는 과학의 직분이 아니냐고 할는지 모른다. 과학의 방법을 이용하는 한에서는 그렇다. 과학의 방법은 관찰과, 실험과, 측정과, 가설의 세밀한 검토와, 기성의 재료에서 명확한 추리를 해나가는 데 있다. 이러한 방법에 의해서 과학은 광범위한 지식 세계의 질서와 조직적 통일을 발견하는 데 상당히 성공하였다.

그러나 과학은 철학에 대치될 수 없다. 또 과학과 철학이 서로 다툴 필요도 없고, 다툴 근거도 없다. 과학에 생기를 주는 것은 지식욕이다. 철학의 철학다움은 지혜에 대한 욕망이다.

그러므로 인간에게 가장 필요한 전망은 과학의 영역 밖에 있는 것이다. 과학은 물리학의 세계에서 최대의 성공을 거두었다.

그러나 물리학의 세계가 어떻게 가치의 세계와 관계를 가지는가? 과학은 물리학적 지식에 상당한 진보를 이루었다. 그러나 과학은 인생의 의미에 대해서 우리에게 무엇을 말해 주는가?

인간의 목적과 욕망의 세계는 외부적으로 측정할 수 있는 세계에 대해서 어떠한 관계가 있는가?

과거 자신의 활동 즉, 지식에 대한 탐구를 합리화하기 위해서도 과학은 철학으로 넘어가지 않으면 안 된다.

과학은 가치평가를 피하지만, 철학은 가치평가에서 벗어날 수 없다. 과학은 가설을 증명할 때까지 결코 만족하지 않는다. 철학은 증명에 이르는 길을 알지 못한다. 철학은 우리에게 다만 암시와 윤곽과 전망을 준다.

우리는 어떤 철학자들보다도 철학의 역사에서 더 많이 배운다. 철학의 역사는 그 자체가 교만한 타잎의 인물 즉, 철학의 한계도 인정하지 않고 철학이 할 수 있는 봉사의 성질도 인정하지 않는 독단주의자를 논박한다.

시대의 변천과 더불어 독단주의자의 영원한 진리, 그 절대와 궁극은 관념의 역사 속에 한 에피소드로서 빛을 잃게 되어 다만, 젊은 학자들을 훈련하는 과정에서 도움이 될 정도의 역할을 할 따름이다.

우리의 적은 생명체도 전성시대가 있다.
한창 전성하다가 없어지고 만다.

그러나 철학적 사색의 요구는 없어지지 않는다. 인간은
포괄적 전체의 이론을 계속해서 탐구하려고 한다. 이러한
이론은 실제의 깊이와 높이 속에 결코 뚫고 들어갈 수 없
는 경우에도 그러한 탐구를 쉬지 않는다. 지식의 발전과
새로운 경험에 의해서 이론은 달라진다. 이 이론은 변화
하는 시대에 맞게끔 다시 수정되어야 한다.

우리는 좁은 시야에서 벗어날 필요가 있다. 과학만
가지고는 우리에게 줄 수 없는 것, 즉 조화감이 필요하다.
건전한 싸움 대신에 심각한 불안을 현대인들은 가지게
되었다.

인간 모두는 한 사람의 철학자이다

권력에 지지된 어두운 독단이 이 세계를 분열시킨다.

권력의 뒷받침이 된 오해가 위험에 박차를 가했다. 무한히 진보하는 과학과 과학에서 생기는 기술은 지구상에 퍼져 새로운 지적, 사회적 건전성을 절대적으로 요구하는 사태가 발생하게 되었다. 그러나 우리는 많은 공포와 근시안적인 전술을 의지하고 살아간다.

만일 과학이 끝없는 목표에 도달할 수 있다손 치더라도, 전 우주와 우주 속에 포함된 일체를 측정하고 체계화할 수 있다 하더라도, 에너지의 기원에까지 뚫고 들어가서 그 존재를 발견할 수 있다 하더라도 과학은 여전히 철학에 대치될 수 없다.

과학은 언제나 앞으로 전진하나 철학은 뒤로 물러서서 영원히 모색한다 하더라도 철학에 대한 요구는 감소되지 않고 증가한다. 다른 것은 없어도 살 수 있겠지만, 우리는 생활의 철학 없이는 살 수 없다.

우리가 생활의 철학을 어디서 끌어내오건, 고대인의 신앙에서 가져오건, 시인의 직관에서 구하건, 새로운 또는 낡은 사상의 학파에서 끌어오건, 우리는 생활의 철학을 발견하지 않으면 안 된다. 적어도 우리가 생각할 수 있다면 우리는 어떤 철학을 가지지 않을 수 없다.

우리는 아무리 희미하건 사물을 분리적으로 생각하지

않고 언제나 상호 연관성 속에서 생각한다. 우리는 사실을 사실로서 인식하지 않고 언제나 한 체계 속의 문제로서 인식한다. 그 체계가 아무리 막연하거나, 또는 틀린 경우에도 그렇다.

또 우리는 타인에 대한 관계를 떠나서는 자기 자신을 인식할 수 없다. 어떤 철학자들이 잘 쓰는 전문어를 사용한다면 '자아는 타아의 타아일 따름이다Self is the otherness of the other.'

우리는 비아非我의 세계 그 자체에 있어서 의미가 있는 것이 아니다. 우리에게 대하여 의미가 있는 환경의 관계를 떠나서는 우리 자신과 타인을 생각할 수 없다. 사물은 언제나 차이가 있고 언제나 관계를 가지고 있다.

그러므로 우리는 전체에 관해서 어떤 관념을 가져야 한다. 하나 속에 여럿을 인식해야 한다.

윌리엄 제임스William James가 말한 것처럼 발에 짓밟히는 벌레도 이 세계를 괴로워하는 자기와 자기 외의 세계로 갈라놓는다. 우리는 모두 철학자다. 일종의 철학자다. 여러 가지 사물의 관계를 느끼지만, 그것을 철저히 연구하지 않기 때문에 가끔 잊어버리곤 하는 철학자다.

그뿐만 아니라, 우리는 모두 선악의 관념 속에 살고 있다.

또 가치의 세계는 철학의 내적 요소다. 선과 악, 쾌락과 고통, 정正과 사邪, 우리는 모두 이 양극간을 빙빙 돌고 있다. 선을 찾건만 악과 만나게 되고, 우리들은 선이라고 생각되는 것을 추구하는데, 타인에게는 악이 되는 것을 우리는 추구하는 경우가 비일비재다.

여기서 적어도 사물의 연관성이라는 관념이 우리를 완전히 지배한다. 우리는 가치의 세계에서 산다. 그리고 여기서 피할 도리가 없다.

철학을 조소하는 사람은 자기 자신을 기만하는 것이다. 그것은 자기 자신의 철학을 검토하지 않으려고 하는 태도다. 그들도 철학을 가지고 있지만 철학자가 되지 않을 것이라고 말해도 무방할 것이다.

그들은 지혜의 추구자가 아니다. 그들은 주어진 것, 즉 소여所與로 만족한다. 그들은 자기 감각이 주는 증명을 인정하려고 한다. 그뿐이다.

그러나 조금만 반성해 본다면, 이러한 주장이 얼마나 틀렸는가를 알 것이다. 과학은 잘난 체 하며 뽐내는 횡령자인 철학을 내리깎았다고 그들은 주장한다. 그러면서 그들은 유물론자거나 실증주의자거나 쾌락주의자다. 이러한 모든 '주의'는 처음 보면 모두 철학이다. 그들은 견고

하여 자기 이론을 굽히려고 하지 않는 리얼리스트들이다.

그들은 위대한 사상가 데이비드 흄David Hume과 같다. 그러나 흄과 같은 통찰력 없이, 그들은 자기 자신의 책은 제외하고 어떤 책에 접근하려고 한다. 그리고 다음과 같이 말한다.

"그것은 사실을 다루고 있는가? 또는 사실에서 오는 추리를 다루고 있는가? 만일 그렇지 않다면 다 불살라 버려라. 왜냐 하면 그 속에는 다만 궤변과 환상만이 포함되어 있으니까."

과학은 우리를 '구제'할 수 있다고 생각한다. 그러나 그것은 신기하고 자기 모순적인 주장이다. 왜냐 하면 과학은 '구제'에 관한 모든 문제를 적당히 포기하기 때문이다.

우리가 어떻게 행동해야 하느냐, 또 우리가 탐구해야 하는 목적이 과연 무엇이냐에 관해서 과학 그 자체는 우리에게 아무것도 말하지 않는다. 목적과 수단의 관계에 관해서, 이리저리 행동하는 그 결과에 관해서, 우리 신념을 지지하는 여러 가지 재료의 확실성에 관해서 과학은 우리들의 그릇된 개념을 시정할 수 있다.

예를 들면, 과학은 인종에 관한 그릇된 관념을 논파할 수 있다. 또는 마술이나, 우연이나, 꿈이나, 운명에 관해서 그릇된 관념을 시정해 준다.

지구가 기원전 4000년 전에 만들어졌다고 주장하는 그런 원시적 관념을 과학은 논파할 수 있다. 과학의 이와 같은 공헌은 중대한 의의가 있다. 과학의 이러한 공헌으로 인해서 우리는 여러 가지 유치한 미신과 어이없는 공포에서 해방될 수 있다.

그러나 과학은 적극적 가치를 포기할 수도 없고, 또 힘의 그릇된 사용에서 생기는 중대한 새로운 위험에서 우리를 보호할 수도 없다.

철학은 반성적 사색이다

인간은 철학에서 가치를 배우지는 않는다. 그러나 철학은 과학과 달라서 가치에 대하여 중대한 관심을 가지고 있다. 철학은 가치에 형태와 표현을 준다. 철학은 가치를 설명하고 가치를 서로 관련시키려고 한다.

철학은 우리에게 가치에 관해서 사색하도록 가르쳐 준다. 또 우리가 철학에 대해서 참고 견딘다면, 철학은 우리에게 가치를 밝혀 주는 데 도움이 될 것이다.

우리는 가치에 의거해서 생활하므로 철학이라는 이 학문은 우리에게 최대의 공헌을 줄 수 있다. 우리의 가치는 만일 우리가 그것을 생각하지 않는다면 교만하고 전제적이 되기 쉽다. 우리의 가치는 가끔 근시안적이어서 우리가 존중하는 사물을 파괴한다.

물론 추종자도 있고, 완고한 광신자도 있고, 열렬한 사람도 있다. 그런데 그들이 지혜를 추구하고 그들의 가치에 대해서 사색을 하리라고 기대하기는 곤란하다.

아우성을 치면서 깃발을 휘두르는 자도 있고, 폭동을 일으키는 자도 있고, 성전이나 방위적 전쟁을 선전하는 자도 있고, 신의 영광을 위해서 동포를 괴롭히는 자도 있고, 무섭고 꾸부러진 십자가를 내두르는 자도 있고, 큰 북을 치는 자도 있고, 대중을 파멸로 감쪽같이 유혹하려고 피리 부는 자도 있을 거다.

이런 종류의 일은 철학적 사색의 훈련을 받으면 면역이 된다. 그러나 만일 많은 사람들이 철학에 대해서 관심을 가진다면 그들은 영향을 덜 받을 것이다. 지혜에 대한 사랑의 정을 다소라도 품고 있는 자라면 누구든지 북을 쳐서 사람을 선동하거나 피리를 불어서 유혹하는 자에게로 결코 달려가지 않을 것이다.

철학은 탐구하는 것도 아니요, 체계를 세우는 것도 아니요, 계산하는 일도 아니다.

철학은 반성적 사색이다. 현대와 같은 시대에 우리는 특별히 반성적 사색을 할 필요가 있다. 우리는 우리 자신의 가치와 타인의 가치에 대해서 눈을 넓게 뜰 필요가 있고, 가장 높은 의미에 있어서 옳아야 하고, 또 그러기 위해서는 자기 자신의 방식대로 사색하고, 자기 자신의 생활을 할 수 있는 권리를 타인에게 자유로 허락해 줄 필요가 있는 것이다.

철학은 이렇게 모색을 일삼고 결론을 내리지 않으며, 또 독단에 대한 반성을 포기하여 철학을 배반하는 오만한 사람이 있음에도 불구하고 언제나 결국에 가서는 다시 철학으로 향하는 길밖에 없는 것이다.

인간은 삶의 위대한 승리자

자기가 찾는 목표에 도달하는 사람은 극히 드물다. 최면적 존경으로 일관한 드문 성자. 극기·자제 속에 열반을 발견하는 불교의 독신자, 큰 실패의 괴로움을 인류 봉사를 위한 헌신으로 바꾸는 남자나 여자, 이러한 소수의 인물들은 어떤 길을 밟든 모두 일체의 관심, 일체의 욕망, 일체의 의문, 일체의 자기 주장을 버리려고 한 사람들이다.

어느 이른 여름날 밝은 아침에 노상에서 어린 다람쥐 새끼 한 마리가 치워 죽은 광경을 보았을 때, "아주 눈 깜짝할 사이인걸, 무슨 의미가 있담." 이러한 생각을 다시 하지 않을 수 없었다. 잠깐동안 의식이 있어서 생명을 연장하는가 했더니 곧 끝나고 마는 것이었다.

그러나 생명이란 늘 그렇다고 말할 수 있을까? 백 년의 세월이나 하루살이의 생명이나 무한한 시간에 비한다면 꼭

같은 순간이 아닌가?

자각을 가지고 노력을 하고, 사랑을 하고, 괴로워하고, 그러다가 결국 죽는 것이다. 미지의 세계, 단순의 세계에서 의식의 불꽃이 튀어나와서 생의 흥망성쇠를 경험하다가 생명 없는 것들이 영원히 사는 미지의 세계로 사라지고 마는 것이다.

도처에서 우수한 형식으로 무한한 연속 속에 생명은 흥망성쇠를 되풀이한다. 생명이 살아온 무한한 세대가 늘 이 모양이었다. 지구 자체가 재로 화하고 지구상의 마지막 희미한 의식이 끝날 때까지 또한 이럴 것이다.

왜냐 하면 종말은 언제나 죽음이요, 망각이기 때문이다. 생각은 다시 돌아간다. 왜 잠을 깨는가? 결국은 다시 잠들고 마는 걸……. 하나의 무無와 또 하나의 무 사이에 가로 놓여 있는 이 괴로운 순간을 위해서 왜 모두들 낳고 ꞏ준비하고 떠드는가?

우리의 작은 생명, 그리고 가족과 국가를 형성하는 작은 생명들의 수명이 우주에 비하면 무無나 다름없고, 하나의 기억조차 남기지 않는 것이 사실이다. 정말 사실이다. 사물의 영원한 존재에 비한다면 그것은 허무나 다름없다. 그런데 무엇이 작고 무엇이 크단 말인가?

생명의 순간은 우주에 대해서 중요한 문제가 아니다. 그러나 우리의 순간은 우리에게 있어서 인생의 기간이다.

어떤 척도로 생각하는가? 모든 척도는 상대적이다.

우리는 커다란 망원경을 사용해야 하는가? 전기 현미경을 사용해야 하는가?

인간의 키는 고작 6피트밖에 안 된다.

우리가 사는 지구와 밤하늘에 희미하게 반짝거리는 점과 같은 저 별과의 거리는 1만 광년이 된다. 한 방울의 물이 대양에 비해서 다를 것이 없지만, 대양은 어룡이 사는 세계다. 그 세계 속에서 백만의 생명이 살고 있고 그것들은 자기의 존재를 가지고 있다.

우리의 세계는 우리가 경험하는 세계로서 망원경으로 바라다보이는 세계도 아니요, 현미경으로 들여다보이는 세계도 아니다. 애매한 척도를 사용하는 것은 게으른 일이다. 거북이가 여행하는 거리는 거북이에 대해서는 먼 거리다. 광선이 아득한 은하에서 달리는 거리는 그것이 거북이의 경험에 아무 상관이 없는 거와 마찬가지로 인간의 경험에 대해서도 상관이 없다.

물론 아메에바amoeba에 있어서는 잠깐 동안의 시간이 아득한 생활의 시간이다.

경험이 일체다. 경험만이 이 문제에 대해서 해답을 준다. 인생은 살 가치가 있는가?

인생이 너무 긴 지 또는 너무 짧은지는 오직 경험만이 결정한다. 또 만일 우리가 쌓은 경험으로 인생은 너무 짧다고 선언한다면, 바로 그 판단에 있어서 인생은 좋다는 것을 또한 선언하는 셈이다.

그러나 경험은 한없이 다종다양하다. 그러므로 그 대답 역시 또한 다종다양하다. 경험에서 우리는 무엇을 배울 수 있는가?

우리는 다만 우리 자신의 경험을 탐구할 수 있다. 그러면 또 이렇게 물음이 나온다. 인생을 회고할 때 우리는 가질만한 가치가 있고 탐구할 만한 가치가 있고, 심지어 향락할 만한 가치가 있는 것을 무엇이나 발견하지 않았던가?

그러면 무엇이 가치였던가? 또 노력할 만한 가치 이상의 것은 무엇이었던가?

그렇다고 하더라도 우리는 스스로 결정해도 좋다. 왜냐하면 우리의 존재가 과거에 한번 깊이 맛보았던 기쁨이 이제는 우리가 그것을 경험할 수가 없으니까……. 우리의 변화된 기질엔 향기가 없고 무의미한 것같이 보일 것이다.

또 과거의 실망은 시간에 비추어서 보면 옛날에 경험한 상처에 대한 기억은 잊어버리고 말 것이기 때문이다.

그러나 기억의 이러한 변화에도 불구하고 우리는 지도 목표로서 그 대답에 기대하지 않으면 안 된다. 우리가 한결같이 가치 있다고 볼 수 있는 추구와 관계에 관한 판단을 우리는 확실히 인정해야 한다.

경험에서 오는 위대한 선물, 좀 더 영속적인 기쁨을 얻으려면 훈련과 공부가 필요하다. 우리 대다수가 훈련해야 할 점은 상상력이다. 어떤 상태와 그 상태 속에 포함된 일체의 풍성한 특색을 느끼는 힘이다. 경험 능력은 사람에 따라서 각각 차이가 있다.

그러나 경험 능력은 언제나 점점 확대할 수 있다. 자연의 사물이건, 인간의 정신적 창조물이건, 무릇 사물의 형태·성질·특수한 복잡성에 관해서 우리가 관심과 미를 구별할 줄 알게 될 때, 생명의 에너지가 계속하는 동안 고갈할 수 없는 만족의 원천을 가지게 되는 것이다. 정신과 동시에 심령을 가지고 구별하는 것이 필요하다. 왜냐 하면 경험을 풍부히 하려면 분석과 감상이 필요하다.

경험이 연속할 때 우리가 가지게 되는 귀중한 순간은 이러한 활동 속에서 생긴다. 즐거운 순간, 놀라운 순간,

평화로운 순간, 깊이 숨었던 기억을 소생시키는 순간을 우리는 가진다.

우리는 즐거운 순간을 경험한다. 이러한 순간을 경험할 능력이 없거나 잃어버린 사람은 순간이라는 것은 별로 신통한 재미가 없다고 생각할 것이다. 그는 일상생활의 지상적 행복이 결핍된 자다.

인간의 깊은 만족은 이러한 순간으로 구성되어 있다는 것을 그들은 이해하지 못한다. 이러한 만족이 없으면 인간은 거칠고 피곤하고 기만적인 쾌락에 끌려 들어간다는 것을 그들은 이해하지 못한다.

인간의 온갖 기쁨은 미리 준비되어 있거나, 또는 나중에 값을 치러야 한다. 온갖 영속적 기쁨을 우리는 얻으려고 한다.

인간은 신앙의 의지를 가지고 있다

우리의 사상과 심령은 그 대상과 혼연일체가 된다. 이러한 순간이 지나가고 다시 고독감을 느끼고 평범한 자아로 돌아올 때, 때로는 막연하게, 때로는 뚜렷하게 좀 더

항구하고 영원한 존재에 대한 동경을 느끼게 된다. 이것은 종교적인 영적 교섭을 원하는 충동이다. 이러한 충동은 또 여러 가지 형태의 신비주의에서 만족을 구한다.

인간은 저마다 다종다양한 방식으로 순간을 영원화 하려고 한다. 고독감, 경쟁적 소격감, 비애와 실패에 따르는 허무감에서 인간은 벗어난다. 적정寂靜과 사색을 통해서, 또는 바쁜 일에 헌신, 노력함으로써 순간의 영원성을 찾는 이도 있다.

자기가 찾는 목표에 도달하는 사람은 극히 드물다. 최면적 존경으로 일관한 드문 성자, 극기·자제 속에 열반을 발견하는 불교의 독신자, 큰 실패의 괴로움을 인류 봉사를 위한 헌신으로 바꾸는 남자나 여자, 이러한 소수의 인물들은 어떤 길을 밟든 모두 일체의 관심, 일체의 욕망, 일체의 의문, 일체의 자기 주장을 버리려고 한 사람들이다.

그러나 목표에 도달하지 못한 대다수의 사람들은 그러한 목표의 존재를 항구 일관하게 믿을 수가 있다. 그들은 자기들이 도달하지 못하는 그 하나를 믿는다. 그 신앙 자신으로서 족하다.

인간은 신앙하려는 의지를 가지고 있다. 거기에 맞는 모든 신화를 그들은 사랑한다. 그들은 그 주변에 꿈을 수

놓는다. 낭만적인 꿈, 미래의 환상, 성공의 환영을 그린다.

그들은 자기 주장의 힘을 믿고 살아간다. 이것은 그들에게 마음의 평화를 주기에 족하다. 그들은 자기 자신과 하나가 된다. 그러함으로써 우주와 하나가 되었다고 생각한다.

우리들 대다수는 이 길 중에 어느 것도 따라갈 수 없다. 우리는 신의 영광을 위해서, 순수존재의 명상을 위해서, 인류에 대한 헌신적 봉사를 위해서 세상을 버린다고 생각하는 성자가 될 수 없다. 신앙이 주는 단순한 주장에 의해서 인생의 시련과 고통을 용감하게 견디어 나가는 열렬한 신앙의 사람이 될 수 없다. 우리는 그 대신 마음속에 오고 가는 통찰로 만족하지 않으면 안 된다.

만일 우리들이 성실성을 가지고 있고, 또 우리 주위 도처에 있는 진리와 경이 앞에 우리 마음의 문을 활짝 열어 놓는다면 황금같이 귀중한 순간을 우리는 여전히 가지게 될 것이다.

이 귀중한 순간이 우리 인생을 보상해 줄 것이요, 우리가 일상생활의 여러 가지 요구를 만족시킬 때 그 여음이 우리 마음속에서 여전히 노래할 것이다.

행복, 삶의 쉼표

인쇄 2019년 11월 10일
발행 2019년 11월 15일

로버트 M 마키버 지음
안병욱 옮김
홍철부 펴냄

펴낸곳 문지사
등록 제25100-2002-000038호
주소 서울특별시 은평구 갈현로 312
전화 02)386~8451/2
팩스 02)386~8453

ISBN 978-89-8308-548-1 (03810)

값 15,500원